CB036370

NOS SA SE NHO RA D'AQUI

LUCI COLLIN

ARTE E LETRA

CURITIBA
2020

REVISÃO VANESSA C. RODRIGUES
CAPA E PROJETO GRÁFICO FREDE TIZZOT

C699n Collin, Luci
Nossa senhora d'aqui / Luci Collin. – Arte & Letra, 2020.
156 p.

ISBN 978-85-60499-72-4

1. Literatura brasileira. 2. Romance. I. Título

CDD B869

ARTE & LETRA EDITORA
Alameda Presidente Taunay, 130b. Batel
Curitiba - PR - Brasil / CEP: 80420-180
Fone: (41) 3223-5302
www.arteeletra.com.br - contato@arteeletra.com.br

Para
Lucy Maria Schiefler und Schiefler,
pela nobreza dos silêncios

BULA

BU LA[1]

[1] Na arqueologia verbal: 1 bolinha de metal que levavam no pescoço os filhos dos patrícios e, mais tarde, todos os ingênuos ('nascidos livres'); 2 bolsinha com preservativos contra a inveja que exibiam os que entravam em triunfo em Roma; 3 em sigilografia: selo em documento atestando sua autenticidade; 4 regionalismo de Turibica: privilégios concedidos por bula pontifícia, cujas cópias podem ser adquiridas pelos fiéis; 5 farmacologia: impresso que acompanha medicamento com informações sobre sua composição, posologia e contraindicações. (N. do T.)

Aqui fados, acontecimentos que apenas são. Nada precisa noticiar temeridades nada foi sob encomenda. Não é epopeia Ninguém sairá do lugar Nada aqui tem incumbência de ser ancestral Nem urgência de ser eternidade.

Não se cantam glórias ao desvestido: não é propaganda, não é húmus.

Esta narrativa fecunda em incidentes menores é saga banal.

Alguma sonoridade sim, mas nada de estridência Nem grandezas.

Périplos peripolares.

Périplo, em espelho.

DRAMATIS PERSONÆ

Genearcas = "progenitores básicos de alguma família, espécie, filo ou linhagem"

Hermúnduros = "antigo povo que habitava a região setentrional da Germânia"

Deiformes = "que se assemelham a uma divindade ou que têm forma divina"

Deimáticos = "que adotam comportamento de presa e logram intimidar o predador"

Filhos da puta = "diz-se dos indivíduos com habilidades para malvadar, maldizer, malquerer, malpagar ou malsinar outrem"

Fatum = "destino que nada, nem deuses, nem governos, nem parágrafos, pode obliterar"

Também se faz referência aos conformes aos disformes aos uniformes aos enormes. Também se faz referência aos sistemáticos aos simpáticos aos selváticos aos estáticos. Embora sejam incrivelmente menores.

Também se faz referência aos recitadores aos córregos aos engraxates aos desdentados aos delirantes aos escribas aos desavisados aos pantomimeiros.

Embora sejamos incrivelmente menores.

Manifestis Probatum Tupiniquinsky

(...)

Aqui havia muita terra. Lá não. Lá os tempos eram difíceis. Aqui tinha abundância, diziam, propagandeavam. Comida e trabalho. Lugar bom pra se ter e criar os filhos. Muito vieram, então. Muitos mesmo.

Uns 5 milhões de brasileiros têm um antepassado alemão. No ano em que minha avó chegou Aqui, outros 75.000 alemães vieram também. Na minha família tem Straube e Meissner. Na sua pode ter Wolff, Weiss ou Hartmann. Nesta cidade há muitos Müller, Schwab, Strobel, Schneider e Bayer. Sobrenomes: um deles pode ser o seu. Você não tinha um bisavô Schmidt?

Aqui há 1,5 milhão de descendentes de japoneses. No ano em que meu avô chegou a este Estado, 132.000 outros japoneses também vieram. Na minha família tem Nakamura e Sato. Na sua ouvi dizer que tem Watanabe, Kimura e Miyamoto. Sobrenomes. O avô da minha mulher era Ito; o bisavô da minha cunhada era Takahashi; o melhor amigo do meu pai foi sempre o Seu Suzuki. É, padrinho de Crisma do meu irmão mais velho, como é que você se lembrou?

Há, Aqui, mais de 3,5 milhões de descendentes de

poloneses. Meu avô e a minha avó eram de Kraków. De um lado os sobrenomes são Gorski e Baranowski, mas do outro não me lembro. Quem sabe bem os detalhes é uma prima, a Danuta, que, por coincidência, casou com um Tomczak. Você não tinha uma avó Pilarski?

Dado oficial: vivem Aqui cerca de 25 milhões de descendentes de italianos. A minha avó era Milani. De Veneza, sempre repetia. No ano em que ela chegou Aqui 70.000 outros italianos também chegaram. A minha madrinha de batismo é Rossi. O meu tio, casado com a tia que é irmã de minha mãe, é Bettega, e a minha prima mais velha casou com um Pellissari. Você não tinha um avô Pugliesi? Você não tinha uma avó Andreoli? E qual era o sobrenome da sua nonna mesmo? Era Giacomazzi.

Ninguém de Lá entende muito bem como é Aqui.

Mas a gente sim.

(...)

É uma vez: José Enéias é um errante. José Luis é um errante. Jorge Luís é um errante. Mas eu também sou errante. E a Dona Margarida da verduraria é uma errante. E ela detesta o próprio nome.

CANTOS PRIMEIROS:
INVIAGENS

Musa, as causas me aponta, o ofenso nume,
Ou por que mágoa a soberana deia
Compeliu na piedade o herói famoso
A lances tais passar, volver tais casos.

Eneida - Livro I
Públio Virgílio Maronis (70-19 AC)
Trad. Odorico Mendes (1799-1864)

El viaje tradicional (...) – ha sido sustituido a
mediados del siglo XX por el viaje rectilíneo:
una especie de peregrinaje, de viaje que
procede siempre hacia delante, hacia un punto
imposible del infinito, como una recta que
avanza titubeando en la nada.

Dublinesca
Enrique Vila-Matas (1948)

PRÓLOGO
(OU "NÃO COMECE!")

Senhor, prometo que me comportarei bem, embora desconheça totalmente a ordem em que se emprega cada um dos talheres. Conforme protocolos. E uma vez cortei o peixe com uma faca muito errada, imagine. Presumo as gargalhadas engolidas. Terei talvez condenado aquela faca a um ridículo irreversível. E a anfitrioa nada disse e o internúncio fingiu estar distraído com a estampa do guardanapo branco e o colunista nada publicou, nada que pudesse me fazer sentir ainda mais menos, menor. Não que tenham rido. Não que tenham explicitamente debochado. (Esgares educadíssimos; discretos). Não que isso tenha afetado o vermelhar das flores ou constrangido voos. Ora, isso são detalhes e, ao dizer essa palavra, transformo "talheres" numa rima. Interna. Ruim, péssima, mas rima.

Senhor, cansei, confesso logo no início: é tanto relógio que desperta, é tanto telefone que nos toca, é tanto elevador que não nos chega, é tanta campainha que não soa, é tanto cano que entope, é tanta pilha que já não presta, é tanto jornal que esqueci de ler, é tanta gente nessa fila. Filmes perdidos. Temporadas inteiras. Eis-me outra vez observando. É tanta gente nessa folha. É tanto pó. Não, sem mapa. Sem nada. Isso aqui é um início. Isso é prólogo.

Senhor, tende piedade de mim porque me cerquei de feiura e sujeira e doençaria e palavras tristes, embora não pudesse evitá-las, já que existem e fazem de si o que seremos nós. Palavras que supuram. Palavras inchadas de ironia e pus. A tudo isso me exporei. Só para dizer que ainda existo. Corro riscos. Gostaria sempre de sair com vida. Não se pode ter tudo que se deseja. Eu sei.

Talvez seja melhor tentar assim: Senhora, me perdoa! Não tinha um estepe. Não tinha um band-aid, não tinha uma vela, não tinha um agente, não tinha um contrato, não tinha um projeto, não tinha avalista, não tinha um de sobra, não tinha pensado nisso.

Senhora, já que mandas, tende piedade de mim. Senhora, curvo-me, flagelo-me, aflijo-me. (Senhor, se for o caso novamente). Senhora senhor, estarei no que professo. Fazei de mim um instrumento de corte. De mim um instrumento de sopro. De mim um instrumento público.

Mas dizei aquela palavra.

E estarei alvo.

HO
MENS
&
NU
MES

Frau Homera Kortmann era uma louca. Ninguém dizia isso assim, com essas palavras, desse jeito escancarado. "Isquisiiiiiita!". "Focê non acha extrránho aquela molhér?" "Cruzincrédo, deve de ser bruxa!!"

Numa das aulas de corte-e-costura (fui com a tia) ela espetou um alfinete em mim. Enquanto a tia estava no banheiro. No meu braço. Claro que foi de propósito. Fingiu que experimentava um molde cortado em jornal e... pimba. Tinha raiva de criança, me disse. Limpou o sangue com o indicador. Ficou olhando o próprio dedo (unhas de um cor-de-rosa encardido e antiquíssimo). Deu uma risadinha para si. Eu aguentei firme e não chorei.

Pensando bem, acho que não me disse, assim com palavras, que tinha raiva de criança. Acho que isso eu que entendi. Fiquei olhando fixo pro *Diploma de Corte e Costura* onde tinha nome e sobrenome da louca em letras floreadas. Homera Emma Ulrika Kortmann dos Santos. Nem tinha o Frau. A tia voltou ajeitando o fecho éclair do slack e parou na frente da folhinha pra ver que dia é hoje. Nem tchum. Sangue esquecido, sangue desconsiderado.

Uma vez roubou um botijão de gás da garagem da casa da frente. [A Frau Kortmann era, no fim das contas, uma ladra de olhos azuis miudinhos com sombra espalhafatosa em volta e boca murcha com batom fingindo o que não se esconde, e cabelo de coque estufado, com aqueles tufinhos soltos perto da orelha que eu esqueci o nome daquilo. De cada orelha. Às vezes usava um turbante ensebado onde as flores comidas apenas lembravam o anteriormente.] Quando os donos estavam viajando. A Augusta viu. E anos depois o Lácio confirmou isso numa conversa sobre vizinhos, um dia em que a gente se encontrou por acaso na frente das Americanas. Se estava cheio, o botijão, não sei.

Era uma daquelas loucas que a gente tem muito medo. E um tipo de lembrança, sei lá o que é, pro resto da vida. Ah, às vezes eu tinha medo mesmo porque ela morava ali pertinho, na esquina da mesma rua que a gente. Mas nunca cheguei a sonhar com a Frau Kortmann nem que me perseguia nem com alfinetes nem com floresta nem que era boazinha e me oferecia doces. Nem que estavam envenenados. Mas ela vai aparecer aqui em todas as páginas. Bem, todas talvez não. Foi exagero.

DOIS

Eram dois, um tirou diploma de Contador e tudo, mas nunca usou. Chamava José Luis. De pequeno ele teve um trauma com o pai – não sei direito a história toda, é o que diziam. *O pai não prestava, sabe, e o menino deu meio desacorçoado...* Naquele tempo essas coisas com pai eram medonhas – não tinha tanta psicóloga formada e a gente não lia tanta revista. Não sei o que acabou fazendo vida afora. Casou, isso eu me lembro. A mulher era enfermeira, a Creuza. Acho que viveram de renda. De uns aluguéis – coisa pouca – por parte da família dela. E parece que ele dava umas aulas particulares não me lembro do quê. Matemática, será? Eu ia meio mal em equação na escola. Prova era um sacrifício. Você teve aula com aquele professor suarento? Tinha até musgo naquele guarda-pó dele! Nem sei pra que que a gente estuda todas essas coisas; acaba não usando nunca. Lembra de mitocôndria?

O outro filho dela, que eu achava lindo (olhão azul igual da mãe), trabalhava com venda e instalação de cortina. Chamava Jorge Luis. Também casou. Casou com uma morena boazuda. Era sirigaita [*Eu bem que vi a Rose recolhendo homem lá na casa dela depois que o marido saía pro serviço. Colocar cortina...*]. Um dia deu um arranca rabo lá e no fim de semana eles mudaram; pra onde, não sei. É, pancadaria da braba, e voou até um pegador de macarrão pela janela (nunca entendi). Não se teve mais notícias. Mas se a gente perguntar pra Ácia que fim levaram os filhos da Frau Kortmann ela sabe. E eu sempre acho esquisito pensar que aquela mulher foi casada, com marido e tudo. Um alemãozão, decerto, do sangue dela. No fim teve um bando de netos, mas nem notícia do paradeiro.

Agora a coisa mais difícil é encontrar a Ácia! Pegou serviço de noite e dorme de dia. Antes a gente encontrava ela facinho; na Dona Margarida – volta e meia eu topava com ela comprando verdura lá. Agora a gente da rua anda rareando. Virou quase tudo escritório. E não dá pra esquecer que ali na esquina da Clotário Neves com a Dr. Trajano Lima tem os caras do cachimbinho – e às vezes umas gurias, até. Novinha, novinha! Maior dó. Tá tudo tomado mesmo. Claro que dá medo. É ruim, porque às vezes a gente sai pra prosear um pouco e ninguém tá com tempo. (E a Dona Margarida é aquele mal-humor de sempre, nem adianta puxar conversa...). Compra a verdura que precisa e volta simplesmente. Volta pra casa com as histórias velhas, vencidas, sabe como? E sem nenhuma nova pra pensar nela. Coitada da Ácia; será que a gente sonha igual dormindo só de dia?

TRÊS

Três noites sem dormir, direto, pensa nisso! Serviço de noite estraga a gente. Baralha as vista. Quem sempre disse isso, de serviço de noite, foi a Vanja. E ela fala sabendo! Foi enfermeira de plantão direto. No das Clínicas e no Municipal. Mais de dez anos. Doze, parece que o Sibilo falou no almoço na Maria Odette. Naquela época não tinha nem controle de hora extra. É insalubridade, o nome agora, e nem pode passar de um limite que tem. Dá indenização bem fácil, nem precisa de constituir advogado. Se não quiser, claro. Agora pra esses casos simples decerto a prefeitura fornece advogado até de graça, daqueles em fase de estagiário. Parece que eu escutei isso aí no rádio. Por isso que eu digo que é importante a gente votar consciente, desde pra vereador. Não perder o voto depositado na urna. A Baby vota em branco sempre. Até agora, que é só de apertar o botão! Sei lá.

A Vanja [o nome verdadeiro é Evanjelina, sabia? Eu sempre tive curiosidade, aí perguntei, no dia do Bingo] contou que a noite em claro leva o dobro pra passar. E envelhece duplo, deixa a pessoa num bagaço. Acelera as ruga. Principalmente de pálpebra e de pescoço. Pálpebra? É aqui ó. Nem usando daqueles cremes caríiiissimo, Lancômi, Paiô, sabe esses que tem em revista? Adianta nada! Não recupera. Eles botam atriz famosa, com pele lisinha, que é pra desviar o problema. E ela ainda fumava feito uma chaminé, pra espantar o tempo que ela passava em claro. Enrugou feio. Eu até que entendo isso de fumar, coitada, mas o povo pegava no pé dela porque era da área de saúde e onde já se viu uma pessoa da área de saúde fumando!? Ah, um dia ela desabafou que tem muito médico de pulmão, de coração, desses especialista, que fuma. Eu não acho certo criticar a pobre!

E hoje em dia tem muito caso de angústia, de amargamento. O cigarro acalma.

Eu não dava pra serviço de noite porque lá pelas oito já estou imprestável. Verdadeiro caco. Às nove, tô pedindo arrego. Perco uma boa parte do finzinho da novela. O olho pesa, precisa de ver! Começo até a enxergar tudo atrapalhado. No fim assisto a TV quase que caindo. Por isso mesmo quando alguém da firma me convida pra barzinho, quando é aniversário de alguém, eu nunca aceito porque já vou lembrando que perto das dez só quero é cama mesmo. Eles falam répiaur, sei lá. Nem vou; pra não passar vergonha.

(A Vanja não conseguiu nem um hominho que se quadrasse com ela. Ruga demais espanta tudo que é pretendente. E talvez o fumo. Dedo amarelo, sabe? Tossinha).

Só se eu tivesse mesmo que pegar o serviço na falta de outro melhor. Deixa até bater na madeira.

Graças que nunca tive.

QUATRO

A vida é um simulacro. Melhor:
a vida é um simulacro.
Raul Brandão

Quatro vezes eu cheguei a pensar nisto:

Se eu viesse todos os dias a este café, todos os dias sem faltar nenhum sequer durante quatro anos e meio teria conhecido a Marca Antônia. Mas não deu. Eu seria transferido pra cidade vizinha no dia seguinte. E não podia dizer não pro chefe.

Sabe como é que são essas coisas de chefe.

CINCO

Tinha sede de narrativa (conforme os especialistas definiriam) e me pegou pra cristo:

"... aí eu me vi naquela situação de enviar currículos... imagina, depois de todos aqueles anos de casada... mas o papai – já estava com certa idade – tinha amizade antiiiiiiiiiga com um general. O General Virgílio Bittencourt. (*Bem devagar*): O Sr. co-nhe-ce o Ge-ne-ral Vir-gí-lio Bittencouuurt? Nunca ouviu falar?! A esposa dele era Congregada Mariana, a Dona Líbia e a irmã dela, a Augusta, bordava enxoval pra fora... e o General Bittencourt conseguiu a minha nomeação... as minhas meninas já estavam com 12 e 15...

12 a Zulma e 15 a Zilnéia (a Néinha), ah! o Sr. tinha pensado que era o contrário? Viu como foi importante ter tirado o Magistério? O Sr. acredita que o Dr. Antônio teve que me receitar um tranquilizante? Coisa fraca, mas era com aquela faixinha preta. O Sr. imagine! ... os meninos, com 14 e 17. É, 14 o Zulmiro (a gente chama ele de Mirinho) e 17 o Zinelton. Um eu perdi bebezinho. Naquela época era tudo difícil. Era para ter sido cinco. O Sr. já ouviu falar do Dr. Antônio Tavares dos Santos? Nem por Doutor Santos? Então, ...eles mesmos facilitaram a minha ida, alugaram uma casa muuuuuito da boa e eu fui com os filhos lá para o interior. Lugar aprazível. Tinha acesso mais fácil. Dentista, por exemplo, era barato e os quatro fizeram tratamento completo com flúor. Nenhum precisou de aparelho, felizmente!! Não era como hoje que tem que ser tudo reto, se a pessoa tinha um tortinho, a gente nem ligava!! Com o Dr. Anquises – o Sr. acredita que ele morreu dentro do próprio consultório?! É, o Dentista! Mulher desquitada naquela época era motivo de chacota – ih, como mudou hoje em dia! A gente ia no salão fazer as unhas – quando tinha alguma ocasião comemorativa – ou um permanente que fosse, e a mulherada nem falava direito com a gente; discriminação, sim senhor, velada mas existia. Me lembro bem de uma senhora estrangeira de Santa Catarina! Frau alguma coisa, quando ela se separou do esposo foi um deus nos acuda na rua onde nós morávamos. Então... fomos pro interior. Na hora me pareceu uma loucura, mas o papai insistiu. E a minha cunhada, a Dorabela, me ajudou muito, não posso deixar de me lembrar disto. A Dorabela criou seis. Só um largou a faculdade. E foi a melhor coisa que eu fiz! Não, advogado é o mais velho. É, é professora de escola particular e tirou Letras e tudo. Sim, todos casados. O Mirinho casou com uma grã-fina. Ah, já lhe conto dos meus

netinhos! Modéstia à parte eu preparei bem os meus filhos. Porque filho, eu sempre digo, a gente cria é pro mundo! Eu criei. As moças, principalmente. Educação às antigas, o Sr. sabe, transmitindo princípios, valores. Hoje em dia ninguém fala mais em valores! É... educar filho no interior é mais seguro. O Sr. viu o assalto ontem na casa de um policial? É o que eu digo... (*olhando as unhas da mão direita*). É o que eu sempre digo..."

SEIS

Nesse momento em que Wanderlúcia olha pela janela e fuma lentamente ela pensa que queria ser como Janete que está sentada no sofá branco em outro continente talvez e olha para as próprias unhas querendo ser (talvez?) como Maria Odette que ora se encontra no jardim zoológico com aquelas crianças todas gritando e passa muito calor e ali não se vende nada de beber nada ali por perto está pensando que nesse momento Ácia ainda está lá no banco como gostaria de ser aquela mulher tão arrojada haviam dito (há anos) que ela voava, claro que figurativamente, o que se queria dizer é que ela estava acima das coisas vulgares e ali estava uma que queria ser como Elizabeth talvez Liz, uma vez que esta sabia como preparar o terreno como ganhar terreno como conquistar cada uma das coisas por ordem de importância, e nunca se embaralhava e nunca hesitava e as mãos nunca tremiam essas mãos de Virgílio são mãos de alguém que rege de alguém que escava de alguém que esculpe que ao mesmo tempo esquece.

Nesse mesmo momento Turno está nesta sala em meio à penumbra onde não se pode ver se os móveis são finos e se custaram um absurdo ou se são daqueles de encarte de jornal mesmo. Ele não mexe sequer na cortina porque não lhe interessa olhar pela janela e fuma lentamente. E por isso me faz pensar na Zulma; e na irmã dela, a mais baixinha. Ou talvez não fume neste momento porque tem alergia a tabaco, nicotina, fumaça e fósforos. Sim, talvez até a isqueiros. Ele pensa que queria ser como Otávio. Claro, eu queria também. Mas eu não caibo em história nenhuma porque me disseram que não fica bem fazer registros e por de si ali dentro.

Ao todo temos seis mais três. Então preciso de três pra completar. Três homens:

Evandro recusou a sopa porque estava fria.

Inácio recusou a faca porque estava suja.

Emílio recusou a carne porque estava insossa.

Emílio recusou a febre porque estava fria.

Inácio recusou a lança porque estava suja.

Evandro recusou a vida porque estava insossa.

SETE

Sete pode ser apaixonado. Sete pode ser roxo. Cardinal ordinal ordinário divisor. Sete pode ser tomar de empréstimo. Sete pode ser o sexo. Pode ser menos que muito e além de tudo. Números inteiros. Grandes desvarios. Sexo indiferente. Línguas numa conversação

: Chega aqui o seu livro. O romance que me enviaste. Pequenos prazeres. Vi sua foto na orelha do livro. Li sua biografia. Comi bombons. Folheei o livro. Tomei uma dose. Folheei o livro. Prestei atenção por uns quinze minutos no noticiário. Folheei o livro.

Não vou ler.

Vai ficar pra sempre na cabeceira. Pra sempre, não digo exatamente. Vai ficar até que o pó se torne espesso e a empregada (Lindamira): *Não é melhor colocar esse livrinho verde na estante da sala? Posso?*

Depois lhe enviarei um e-mail efusivo comentando alguma coisa sobre a capa, a trama, a beleza do uso dos pronomes pessoais do caso reto, dos adjetivos duplos, a importância do uso dos/as zeugmas e das sinalefas – mesmo sem ter lido o seu texto tão virtuoso.

(Sete pode ser feriado. Sete pode ser a echarpe pendurada num cabide. Sete pode ser a hora azada. Sete pode ser refém. Sete pode ser mártir ser vênus ser venéreo ser incrivelmente gentio. No sétimo dia o descanso. Sete os peixes multiplicados. Sete pode ser mais um menos um, entra dia sai dia, água mole, caixinha de bom parecer, mais vale um sete na mão. Sete pode ser aquele som frágil que faz a xícara ao ser depositada sobre o pires. Sete pode ser um som grotesco. Som de asas. Sete às vezes é uivo. Sete pode ser venerável venerabilíssimo. Pode ser a caverna e ao mesmo tempo uma língua de fogo. Sete é assim. Soma de fatores. Nada altera o produto. Número primo. Enche os olhos de lágrimas. Chega a encher a gente de mares. Meu primo era dentista e morreu de ataque dentro do consultório, mas foi depois do expediente, ainda bem. Ninguém sabia. O tio e a tia esconderam a coisa daquela doença de epilepsia. Naquele tempo se fazia muito isso de esconder. Era filho único. Número da sorte, da morte, de corte, forte, de grande porte – sete é uma parte do absoluto.

Embora o oito deitado é que seja o que há de infinito. O nome do meu primo era Anquises, mas a gente chamava ele de Quisinho.)

Nada se ganha com fatigar o leitor. (...)
A posteridade quer que sejamos breves
e precisos.
F. Pessoa

Sejamos breves. Rezam os textos definitivos que tudo passa num pulso. Que tudo não passa de um lapso entre o fato que ali e aquele outro. Quando nos sobra emoldurar uma godiva encontrada na rua uma gioconda encontrada no ônibus uma galateia encontrada no supermercado que seja de forma que todos tenham pelo menos uma pálida chance de se divertir em meio ao sintético e fulgurante em meio à forma resumida e econômica em meio à preocupação com o essencial em meio ao telegráfico com a imagem do sujeito que oferece a maçã.

Afeitos aos melhores efeitos plásticos da palavra, tudo começa com o que se pergunta: seremos breves? Nem tudo depende da representação. Já se falou tanto de rosa e de nome e de perfume. Estéticas de exclusão. Desordem. O todo refletido nos cacos. Bisão flechado na parede. Cinquenta anos em cinco minutos. Um cabelo com cobras. Um novelo de serpentes. Um paraíso

portátil. A história portátil de um milhão de sisos.
Um animal que sorri é a figurinha difícil.

Os périplos hoje são a ida e a volta e silenciamento.
Epopeia falhada – há de ter seu charme.
Eu fui na esquina comprar um projeto de pão.
A Dona Margarida detesta o próprio nome.

ESPÓLIOS

DO ORIENTE

O sol tem uma espécie de olhar.
A. Artaud

Mara tem uma história Sibilo também Ana Clara tem uma história Netuna tem Antonio tem uma história diferente Otávio tem Ácia tem uma história Eneido tem Ala tem uma história em nada parecida com a de Bittencourt exatamente igual à história de Virgílio e perto de ser a história mentida do simulacro do meu avô embora a de Nilda seja muito mais breve e a de Apola não deixe de pulsar o que nos contaria Jorge Luis sobre a sua pode interessar a todos como a de Lácio nos fará dormir sonhos sem rumo e a de Luciana nos fará parar olhar procurar entender esboçar o contentamento esquecer achar graça mesmo achar importante sorrir.

Talvez nos observem.

Enquanto se espera que a água esquente não se pode fazer mais nada. Pode ser um banho. Pode ser um chá. Pode ser início de mais uma noite. Pode ser a última vez.

Quando estou aqui nesta cama pensando, quando estou tentando entender através de argumentos planejados com semântica boa, através de imagens coloridas e sem cor, quando estou tentando digerir os pontos que saltam, neste exato momento um *clic.*

E ali estão ao mesmo tempo todas as mãos que trabalham incessantemente, embora àqueles a quem pertencem doa sentirem-se zumbis e às vezes tolos e às vezes esmorecerem, mas nunca em definitivo. Isso é olhar fotografias.

E ali estão todas as águas que escorreram pela calha, embora cada uma das gotas tenha a nostalgia de imensidão e não restava mais nada além daquele curso. Como às pedras na calçada, unidas pela cimentação.

E ali estão todas as meninas e todos os meninos sentados em um ônibus lento – olhando a paisagem de lona da janela pequena e fosca – que vão para seus destinos, embora de endereço escorregadio e escritos em letra ruim de se ler. E esses meninos e meninas têm uma mala com uma muda de roupa que semelha a pele.

E ali estão as lacraias pisadas e as confecções cheias de rendas e as placas indicativas e as pichações nos muros que foram cobertas por outras tintas que foram cobertas por musgos, e ali está o sorriso da menininha decadente o choro.

Ali está o choro embutido da mãe da mãe o choro do homem barbudo e despenteado o choro do filhote de garça o choro discreto da máscara o choro deste guarda sempre na mesma esquina o choro desta mariposa antes da lâmpada o choro meu que eu esplendorei. O choro professoral do buquê e daqueles cuja história foi apagada cada dia uma letra   cada dia uma letra   cada dia muito.

A boca se abre a boca se esgarça e as palavras todas saem como os alunos no último minuto de aula como a manada descendo o monte como as formigas cutucadas pela vara que enfiaram fundo como os raios de sol de inverno que a gente quer abraçar como as palavras que saem deste trompete neste bar.

Agora a imobilidade da colher dentro da xícara está cheia de palavras. A imobilidade da régua que guarda todas as distâncias possíveis ali tolhidas disfarçadas convencionadas e ela que pode medir infinitos fala também. A imobilidade de jornais espalhados pelo chão. Daquele despertador estragado e das cartas que eu escondi.

Deixa-me tocar seu corpo a voz pede. Deixa-me entrar em busca da luz e do estremecimento em busca do suspiro.

Deixa-me entrar sem bater.

O espírito macerado, que viu a si constantemente, fundo, e que apesar de tudo ainda quis falar sobre si entrou em cena.

Falou sobre os limites entre insânia e realdade – alguns aplaudiram, mas talvez muito poucos. Talvez por dentro. Neste momento caberia o bis. Mas nos distraímos contando histórias de gente ocupada com coisas como libélulas, e nos distraímos contando pontos do jogo ou da blusa de tricô, contando histórias de imediatismo e de incêndios nunca acontecidos, e de salvamento pelos heróis invisíveis, e de uma vaga imensa imensa que apagou uma labareda que outrora comprometera a roupa esticada no varal a pele esticada a pose igualmente. Resta baixar o olhar? Não. Aqui não queimamos perguntas, aqui revelamos a areia em movimento.

Neste momento na boca as abelhas.

Neste momento imobilidade e olhar dentro do demais.

Neste momento esta história era a minha: quando avança a claridade esta história líquida toma a forma do seu peito e esta história é de Mara e de Sibilo é da Baby e de Eugênia é de Luciana e de Virgílio. Esta é a história de Liz. As palavras corpo de água entrando no vaso tomam-se a forma e se concebem recipientes.

Neste momento escolhemos circunstância emparelhamento juntura.

Pode que nos observem. Pode que sejamos heróis e eternos.

Olha bem aqui: Xissssssssssssssssssssssssssssssssssssssssssssssssssss.

DOIS

Sempre tive orgulho de ser prima dela. Sabia tocar o Hino Nacional no piano e então convidavam ela pra todo tipo de solenidade. Bingo da Igreja, Formatura do Ginásio, bailinho, Casamento de Filha de Vereador. Tinha até traje mais fino para ocasiões de festejo público. Sabe daquelas blusas com jabô?

O Hino só e mais nenhuma. Era o que ela sabia. Não adiantava pedir *Toca Lelac Decôme? Sabe Purelíse? Nem o comecinho de Tico-Tico no Fubá? Ah, nem a Ave Maria Degunô?* Nada mesmo, só a de sempre. Se pedissem outra ela se fazia de rogada e vinha com umas histórias de que se via tão tomada de nacionalismo quando interpretava o Hino que não conseguia interpretar mais nada do seu repertório.

Mas eu passei umas férias de julho na casa da Tia Virgília e nem ali escutei a Prima tocando outra coisa. Nem aqueles exercícios de fazer escalas, como a Rose, filha da Nanci fazia por horas, nem harpejo. Em termos de Hino era uma beleza. Em termos de outra, não sabia mesmo.

TRÊS

Porque não fiz nada e não ter feito é o que se move por dentro, o que encarde que encarcera lento redunda ecoa estilhaça, o que bate contra os móveis toscos da sala chega até o vidro desta janela e gruda ali.

Baleia morta. Pedras empilhadas pelos homens. Mãos estendidas. Árvore seca com sombra de gente no fundo. Por isso vieram-me aquelas imagens que nunca se querem diminuir, que nunca se pode escolher. Que jamais dormem. Que não se opacificam. Olharei para os objetos – estes daqui, estes mesmos – e em cada proximidade encontrarei a etiqueta com o preço.

Senhor, senhora (se for ocaso), tende piedade de mim porque me cerquei de onomatopeias e acreditei que com isso o entardecer seria facilmente as cores em dégradé. E seria linda a foto posada. Senhor, desejei: ter uma blusinha amarela de seda talvez, ter um carrinho como o do Otávio, ter um punhal como o do filme, ter um rímel, um carimbo igual ao do urologista, um fôlder de venda, um crachá com logomarca, uma caneta de pena que não vazasse, um freezer horizontal cheio, um suporte de garrafas verdes como o da Míndia, uma panquequeira, uma adaga como a do filme, uma coleção de selos raros, um canivetinho, uma braçadeira do meu time, uma caneleira, um fôlder de empréstimos, um prendedor, um jato, um lençol térmico para as noites das longas farsas, um amiguinho, um amante, uma amante, uma amiguinha, um primo que mora em Recife como o do filme, uma prima que mora em Amsterdam ou Andradina, um santinho, um bip. Um bip tocando.

Um bip tocando no momento azado. Salvo pelo gongo. Salvo pela hierarquia. Salvo pelo afã absoluto. Salvo pela onomatopeia que apareceu aqui. E aí.

Porque eu nada fiz,
professo a fé da fazedura feitura no fazimento
e deixo tudo
para depois.

QUATRO

Indolá Ferreira encontrou Nê numa padaria. Não se olharam. Pelo menos não há registro de que tenham trocado olhares. Sim, tinha um cartaz daqueles Sorria você está sendo..., mas não é caso de solicitar as fitas, os registros da filmagem, quero dizer, às autoridades competentes (polícia?). Deve ser fake (a plaquinha, o aviso). Não esbarraram cotovelos. Não deram risadinhas quando a balconista (Vanja) derrubou o pegador de pão porque a balconista não derrubou o pegador de pão. Não compraram as mesmas coisas. Não compraram coisas parecidas. Indolá não espirrou. Nê não tinha nenhum tipo de alergia e não costuma espirrar quando se encontra em padarias ou panificadoras de franco acesso ao público pagante. Ninguém disse "Me dá duzentas gramas de..." e, portanto, ninguém teve que corrigir "Se diz duzentOs gramas! Desculpe-me observar, mas de acordo..." o que se configuraria o início de um diálogo. Um diálogo de teor psicolinguístico e gramático-culto. Ninguém derrubou a moedinha do troco. Ninguém teve que se abaixar porque alguém havia derrubado a moedinha do troco. Ninguém ganhou uma bala setebelo nem uma daquelas redondas de canela. Redondíssimas e efetivas. Isso poderia ter dado início a um diálogo. Isso poderia ter dado início a uma hecatombe, a um cataclisma, a um buru-buru, a um casamento, a um divórcio.

Indolá segurava um guarda-chuva com a impressão de que iria chover dali a pouco. Vê-se aqui uma intenção de ser precavido e de estar em conformidade com as leis da natureza. Nê carregava uma sacola de pano. Vê-se aqui uma postura politicamente correta. Mas pode ter sido coincidência. Indolá foi andando prum lado (direita). Nê foi andando pro outro (esquerda). Veja se você descobre o que aconteceu dali a oito horas: Indolá atropelou Nê quando dava ré ou vice-versa. Indolá e Nê se encontraram na festa da Baby dali a seis meses. E dali a 15 meses eles liam juntos as instruções de como ferver o bico da mamadeira. Indolá e Nê nunca mais se viram porque o pão francês daquela padaria era duro e torrado ou mole e branco demais.

CINCO

No restaurante bacana
No restaurante chiquérrimo
No restaurante caríssimo

são três começos possíveis pra frase que eu (Mirinho/ "A gente chama ele de Mirinho") quero escrever que continua assim: o *steack au poavre* nem tem gosto porque quem vai pagar a conta é ela (Eneida) com o mesmo dinheiro que pagou esta camisa listradinha (detesto) discreta e que combina impecavelmente indiscutivelmente impressionantemente (são três advérbios de moda) com estes sapatos de verniz (detesto. tá apertando no dedinho.) que ela também pagou e que são a última novidade na revista.

O ar daquela noite é triste e ela se irrita consigo mesma e até com a toalha lilazinha. Gastou a tarde inteira fazendo unhas e cabelo e aqueles papos de salão (adora) criam toda a expectativa e agora essa: o *steack au poavre* (um bifão caríssimo bacana chiquérrimo sem nada de diferente além do preço) está sem gosto. Mas como! Era pra ser uma noite perfeita e tem até velas no restaurante francês tem um carinha que recita o cardápio (mení) numa pronúncia perfeitíssima mas ela (que estudou em colégio de freira e entende todos os adjetivos em língua culta) nem pode vir com as sandálias que queria, porque no último minuto despencou um aguaceiro que não estava nos planos e isso também complicou tudo.

Não dá pra ser totalmente feliz se chove bem na hora e você tem que trocar de vestido e colocar pantalonas que nem combinam tanto com a cor do esmalte e da sombra nos olhos. Que merda, hein!? E eu nem sou tão interessante, apesar da coisa toda ir bem na cama, eu não tenho assunto adequado pro momento eu não tenho assunto eu não tenho adequado e dá aqueles buracos na conversa, sabe? Futebol ela não gosta nem fórmula um nem a luta principal do UFC. Eu nunca fui pra Nuiórq nem numa ópera nem num desfile de modas nem pra Búzios nem conheço aqueles vinhos da carta nem sabia que verniz é mais caro e nem sei a diferença entre tressê, fricassê e dégradé e nem tenho nada contra aquela toalha meia lilás, achei que combinava com os vasos e os quadros do ambiente, mas ela disse que não: está exagerado.

Não, não vou sair em defesa de coisa nenhuma. Não acho nada sobre a legalização do aborto de vítimas de estupro por botos, da maconha nas escolas primárias, da posse de armas de fogo por aposentados, da liberação do jogo do bicho nos feriados, da tatuagem anal obrigatória em concursados do Estado, das cotas universitárias para animais domésticos, da imunidade fiscal para proprietários de charretes e afins. Só tô esperando o depois, mas agora tá braba a coisa, sem assunto. É, o vinho é bem bom (pra mim era tudo igual) e a sobremesa é diviiiina; é, achei divina e o meu olhar bate com o do carinha de preto (métre) na hora de puxar o cartão eu nem trouxe e ela discretamente puxa pra ela a continha e o carinha me dá uma risada idiota e mixa achando que aquilo tudo me constrange: Que nada, amigo! Fica sossegado – eu presto serviços pra senhora... Pensei em palitar os dentes, mas daí ela desmaiava, tinha um troço, tinha uma síncope, gritava, chorava, estragava o esmalte das unhas, sei lá eu. Vou no banheiro, eu disse, e ela emendou Vou ao banheiro dando uma forçadinha sutil no "ao" e eu pensei que quando ela disser Vou ao *toillete* eu vou dar uma forçadinha no à *puta-que-o--pariu*. Mas não vou falar nada na hora, é só uma coisa que me passa pela cabeça e eu nunca faço. Vale a pena, fico dizendo o tempo todo, depois vale a pena, quando a gente fica só lá no apartamento bacana chiquérrimo caríssimo dela as coisas se acertam. Sem o sapato de verniz a coisa melhora. De boca fechada eu não cometo erros de português nem de francês ainda bem. Ela dá um sorrisinho de Vamos?

Bem que eu preferia antigamente quando ela era só a mulher do chefe e não a minha.

SEIS

Ao leitor é dado que, apesar das aparências, é um relato realístico de um assunto qualquer, de vários assuntos quaisquer. O método de apresentação sugere: há mais para a história, o enredo, as banalidades, o movimento, do que os detalhes narrados quaisejam: concisão, brevidade, palavra com outra função, palavra com menos função, menos narrativa, palavra objeto-em-si, prosa do desimportante, predileção pelo pequeno.

Espaços, também pode ser, ou silêncios entre a sacrossanta cortina da repetição, da visualização, do que é vira-latas, dos que não ganharão medalhas, dos que nem foram convidados. Dos que não sairão do lugar. E as palavras que não aparecem contra a luz. Sobretudo.

O mínimo da palavra é o som do gelo sobre a superfície.

[Senhor/a coloquei entre colchetes mas não é segredo: Aqui no sul todos nós temos uma avó estrangeira alemã africana árabe polaca bugra japonesa pode ser espanhola ucraniana italiana russa portuguesa síria holandesa. Aqui no norte é assim e no meio do mapa é assim também e no nordeste para onde quer que esteja apontando aquele ponteirinho da bússola um de nós sempre poderá contar coisas desta avó estrangeira de fala enrolada e que mistura os verbos e cria adjetivos e tem olhos diferentes e tem pele distinta e um dia todas estas avós entraram num navio vindo de Longe vindo de Lá e isso explica nossa vontade de permanecer entre colchetes porque

Aqui é aconchegante macio confortável colorido luminoso não importa se Lá fora poucos compreendam e olhem até meio torto. "Isto aí é uma bagunça uma confusão uma pouca vergonha uma epopeia falhada"

: Aqui a gente se entende e se sente em casa Aqui é o contrário de lonjuras de distanciamento de subdivisão Aqui a gente se sente muito bem. Perdão, senhor/a, mas não vou fechar este colchete.

Aqui está ele:

]

e qualquer um que não saiba o que é nascer Aqui pode usar conforme as desinstruções.

O
AR
DOR
QUE
O
PEITO TEM

Não há mais corpo nesta história. Vieram lentes de instável dioptria e um cansaço se instala. A cada alumbramento. E algo insiste insiste e isto nos fez pisar miúdo e às vezes o contrário: os gritos contidos e esquecer as sutilezas e usar voz nada mansa e amassar flores.

Ácia é um acúmulo de vaidades vencidas e é a mulher que hoje observo a distância. E tudo isso porque uma insistência feito lima lixa ou qualquer coisa lenta e áspera foi se instalando não só no discurso. Tenho dificuldade em tratar diretamente da imagem: o corpo de Ácia e o meu corpo que nunca mais se encontram fazem da história apenas sempre um parágrafo aberto. É assim.

Dói constatar decadência, mas para isso escrevemos como se não desejássemos que alguém encontrasse a gaveta onde as notas falsamente escondidas. Isso aqui é sempre grito, ainda que se pretenda uma aparição discretíssima com cara de quem compreende muito bem os fatos. O problema: nós e a distância, a falta de afeto, a monotonia, as histórias derruídas. Eu e Ácia. Triste triste triste como no filme antológico.

Eu que queria, eu que acreditara em construir eternos, que tinha domínio integral de sextante, olha isso: eu. Sou essas duas letras e por conseguinte nada apagará a distância dos corpos na cama e meu olhar dentro do olhar de Ácia não vê mais nada, embora sorríssemos na foto. Ácia come os farelos como se uma grande atitude e talvez desembainhasse uma espada na finalização do ato. Ácia recita as certezas e agora já nem busca minha aprovação – faz do discurso uma vitória a cada inciso, nem para pra respirar, nem pensa em vírgulas em meios tempos em *rubati*.

Ácia é a tranquilidade invarrível e é nisso que sustentamos nossa palafita de anos acumulados e toalhas de mesa onde não mais se derrama vinho nenhum. Ácia é esta história presente que lateja e eu não quero tocar nessa mulher, muito embora os papéis digam que nossas falas são complementares.

Aqui vemos porque está escancarado; não há sutilezas, mas nem sussurramos queixas – não seria de bom tom. Um brinde poderia parecer demasiado festivo e fundo de poço jamais nos convém. Então, oferta aceita: esse silêncio das traças.

Há meses na cama apareceu aquela fissura, aquela trinca. Cada um tem seu lado.

Não há mais nada de corpo nessa história.

DOIS

Dos cavalos, Lácio, restou a melancolia de sempre, embora tenha sido deles a culpa, de sua beleza de cor efêmera e do patear incessante; movimentos que se pregam na memória e cujo som jamais a abandona.

Ainda que de noite tudo volte naturalmente aqui não cabem cavalos se agora os relinchos são apenas a introdução da história. Fazem-se mais formas as telas fazem-se mais constantes e o desfile de rostos e naturezas mortas substitui crinas. E agora dá-se por direito início ao que se tem a dizer:

Os dias da gente se desfolham, não sem surpresas, Lácio, embora a trajetória seja sempre a mesma, não se pode reclamar que a roupa nunca amarrota, e que a sola deste sapato nunca chegará ao fim. Os dias da gente se repetem, não sem novas dores (quadradas, oblongas, finíssimas), não sem a graxa, a gordura, o excesso de refrão. E ele existe para que possamos acompanhar o discurso com certa familiaridade, aqui e ali, refiro-me ao refrão. Os gestos da gente se acumulam e o estranho mesmo é uma pilha que é feita de coisas que jamais se deixaram acontecer. Pilha de ausência.

As frases da gente se redizem e os livros já nascem cansados. Os suspiros da gente se ecoam, Lácio, e todos acabamos pensando que aqui é uma foto de família grande, que já assistimos a esse filme, que o enredo é vencido, que um deus está se divertindo com a cena. E o deus nunca teve um casaco de pele de gente.

TRÊS

Pela manhã a primeira coisa que eu penso: o itinerário. E hoje não vou ao shopping. Porque está perto do Natal e eu não quero ver. Eu não quero ver aquelas coisas. As moscas veem de ângulos inusitados.

Quando passei pela casa da Maria Odette ela estava diante do espelho com uma cara assustadora. Não quis ficar pra confirmar o que era porque eu já intuía. A Maria Odette estava achando que tinha uma doença. Grave. Muito grave mesmo.

Ontem a Maria Odette foi ao médico e ele disse que ela tem mesmo. É a mesma doença que a avó dela, a Dona Homera, teve. É uma doença muito triste. Sabe, isso comprometeu um pouco a minha manhã porque afinal tenho algum apego a essa mulher. Está certo que já me enxotou duas vezes com violência, mas, de tanto observá-la, não sei exatamente o quê – acho que me afeiçoei a ela. Embora seja superorganizada, evite que caiam farelos, não deixe fruta estragar fora da geladeira e nunca derrube açúcar quando prepara o cafezinho, gosto dela. Isso pode parecer besteira e ninguém vai esperar que eu tenha sentimentos. Não importa se os tenho.

Quer saber? Vou ficar aqui na cozinha da Wanderlúcia, pelo menos por um tempo. Tudo arrumadinho, heim? Também, a coitada, quando chega do trabalho (empreguinho bem ruim, diga-se de passagem), passa horas ajeitando o mesmo armário onde armazena as compras, lê os rótulos antes de guardar cada coisa, confere as datas de validade e depois ordena de acordo com o que deve ser consumido antes do quê. Aí ela passa um paninho no fundo do armário e olha contra a luz pra ver se acumulou algum pó. Aí espirra um produtinho desses pra desinfetar bem as coisas (detesto!). Depois prepara algo pra comer; quase sempre uma gelatina ou pudim de caixinha, diet, claro, que ela gosta de comer vendo tv. A maior diversão da Wanderlúcia é tirar o som do televisor pra ver se ela consegue entender a novela só com a leitura dos lábios dos carinhas que aparecem na tela. Essa parte eu adoro porque ela se distrai e me abre uma perspectiva, sabe? Gelatina, pudim, pratinho, colher sujos significam muito pra mim. Coisas gosmentas como um resto de pudim grudado na panela dá muito sentido pra vida da gente! A Wanderlúcia que me perdoe, mas quando ela chora no fim daquelas comédias românticas que ela assiste no canal 27 aquilo é deprimente, meu!

Agora me lembrei do Lácio, sabe, agora que se falou em deprimente. Ali sim é um paraíso; acho que vou pra lá. Ele chega quase sempre bêbado. Não, não tenho a mínima pena. Pelo contrário. A casa dele é uma zona. Adrenalina pura! Outro dia tinha um prato de dobradinha (destas de lata, que já vêm prontas) derrubado em cima do sofá. Morri de rir daquilo tudo. O Lácio é gente finíssima. Não faria mal a uma mosca. E quando está roncando – ele dorme de barriga pra cima – adoro pousar justamente no canto da boca. Sim, bem onde escorre aquela baba fininha.

QUATRO

Acorda e a hora desconhecida traz desconforto. Os barulhos da manhã e um sentido crônico de obrigação a arrastam para fora daquele quartinho cama armário e cômoda onde ela oscila entre a sensação de profunda segurança e nenhuma segurança. Pega o livro que tirou na Biblioteca Pública e vai para a cozinha. Já leu tantos! Sim, se orgulha em saber vários enredos de cor, embora às vezes embaralhe lugares e personagens e autores com nomes difíceis de pronunciar. Toma o café, come as bolachas amolecidas. Não vou jogar fora! Lê algumas páginas. Gosto de procurar a mensagem. Fecha o romance. Vontade de sair? Não muita. Mas escolhe a saia bonita. O cabelo está bom, lavo amanhã.

Coloca as sandálias verdes de saltos altíssimos e sai.

Enorme avenida – tanta gente! Recapitula seu universo: manhãs foscas, lembranças insignificantes, cenas onde personagens de livros. É só. Tem pernas bonitas, pensa. Afinal às vezes os moços olham, dizem coisas. De repente se lembra: não escovou os dentes! E se encontra alguém conhecido? Os dentes começam a incomodar. O coração treme: ora, não tem para quem sorrir. Mas que coisa! Quase foi derrubada por um desses adolescentes deseducados que veio correndo em direção contrária à sua! Em vez de atravessarem duma vez, ficam zanzando no meio da faixa! Batera com força no braço dela e ainda por cima esbarrara aquela mão boba em sua saia godê. Branquinha! Não se pode mais passear aqui no centro! Será que vai ficar roxo? Examina o braço. Bruto! Quem ele pensa que ela é? É de família boa, sim. Como é que vai empurrando? O falecido pai, Seu Emílio, era humilde, mas respeitado lá na nossa cidade. E a falecida mãe era a melhor costureira que tinha – não deu uma noiva que não tivesse casado com vestido feito pela Dona Inácia! E ela, Lindamira, venceu na vida, ninguém pode dizer que não: mora na cidade grande, apartamento alugado sem fiador e bem no centro, tem emprego bom, pôs do melhor dentro de casa, com esforço próprio, jogo completo de quarto, TV com antena extra, cortina combinando, pintura de rosto do estojo maior, quadro de Jesus com luzinha. E lembra dos dentes tão bonitos! Um trunfo! Na minha idade tem moça que já usa chapa! A Míndia usa, que eu perguntei. A Dra. Luciana do Postinho, sou agradecida a ela, ensinou aquela coisa de pasta com flúor extra e eu nem fiz ainda – imagina quando fizer. Melhor comprar um tubo desses! Tem de todo tipo no supermercado aqui perto.

No meio das prateleiras assim escolhendo com tanta atenção os produtos, comparando preços, lendo composições, bem pode ser confundida com uma mãe cuidadosa, mãe de muitos filhos provavelmente, porque senão não consumiria tantos tubos de pasta, vejam só o carrinho como está cheio! Alguém pergunta *É oferta?* E ela responde com indiferença *Não sei.* E para reforçar sua ilusão pega mais três. Assumindo esse papel de mãe sente-se diferente, completa. As pessoas estão reparando. Escolhe marcas mais caras, tamanhos, sabores, lê instruções de uso como se houvesse uma plateia lhe admirando num telão.

Não se perturba nem um pouco quando a moça do caixa, Nanci, magra de cabelos espetados, lhe corta o ouvido com um preço absurdamente alto. Ela, Lindamira, também é caixa de uma loja, mas está de férias. Ah, sente-se muito superior àquela mocinha estúpida. Não sabe ser agradável? Não vai perguntar pra quê tanta pasta? Puxar um papinho? Ah, não tem importância o preço, o dinheiro é dela e não faz mal de vez em quando fazer uma extravagância. Paga sem hesitar. Sensação ruim: vê uma fina aliança na mão da moça magra. Casada! Mas tem uns dentinhos bem feiosos! Deve ser casada com um traste. Antipática, isso sim, nem respondeu ao tchau que eu disse.

Se tivesse mais dinheiro poderia ter comprado aquele creme rinse do anúncio da revista. Ah, ainda tem a babosa que a Dona Augusta, do apartamento da frente, deu. E é natural, a babosa que essa vizinha, uma italiana nascida lá mesmo, traz do sítio da filha, a Janete, uma filha casada com homem importante que tem firma e trata a velha como rainha, mesmo que ela nem seja a mãe verdadeira da moça, adotada desde dois meses de idade. Achei tão bonito isso que a italiana fez!

de comerciantes, bem pode ser confundida com uma mãe zelosa [illegible] e ligeiro, [illegible] de graça, [illegible] como está cheio! Al [illegible] per- gunta [illegible]. E ele responde com [illegible] [illegible] completa- [illegible]. E [illegible] mais [illegible] de uso como se [illegible] adorasse, [illegible].

Não [illegible] um pouco quando [illegible] esperados [illegible] com um [illegible] alto. [illegible] superior [illegible] incrível [illegible] perguntar [illegible] tem [illegible] e não [illegible] Pai [illegible] Cássia. Mas [illegible] destino [illegible] casada com [illegible].

[illegible] dinheiro [illegible] comprado [illegible] ainda [illegible] a natureza [illegible] quiser [illegible] filha [illegible] uma filha casada com homem [illegible] e todas [illegible] de [illegible] tanto [illegible] que a [illegible] vez.

II

TRA
MA
DOS
TE
A
RES

UM

Até eu ficava bem naquela foto. Se fosse eu mesmo, quero dizer. Saía melhor que a encomenda. Ah eu ficava bem com um paletó daqueles e o pescoço na gola dura da camisa, ficava com cara de gente importante, era só dar um trato no cabelo por de lado passar pente – coisa que qualquer barbeiro daqui mesmo fazia por menos do que um troco. Juro que eu ficava bem naquela foto. Tinha até feito a barba. Passado loção. Mas você não ia aproveitar a minha cara. Eu sei, já me disseram, a minha mãe já me disse e antes dela a minha avó antes dela disse e depois, no fim das contas, você mesmo me disse que não ia aproveitar a minha cara pra nada. Porque você não vai com a minha cara. Você não gosta de quem assobia você não gosta de quem para na janela pra não olhar nada você não gosta de quem carrega um saco de pão pra casa você não gosta de quem lê os classificados não gosta de quem aparece com a barra da calça molhada porque está uma tremenda chuva e o ônibus demorou porque venta porque o ar é gelado porque esta cidade é no fim do mundo porque não vai dar pra comprar um carro nem na outra vida. A sua maior virtude é a sinceridade.

A sua melhor virtude posso sentir pelos olhos. Olhando dentro daqueles olhos que você construiu depois de anos. Então não use esta máscara no baile. A que se parece tanto comigo. Se você não gosta, então não vá com a minha cara.

DOIS

Jamais consegui ligar, Apola. E se encontrasse você, se tivesse a chance de estar na sua frente, mesmo assim não conseguiria Não conseguiria falar exatamente adequadamente tudo, sabe como?

Porque você deve se lembrar que eu sempre me calo. No meio das frases importantes fico com aquela vontade de explicar e não sei como explicar.

Escrevo porque agora tanto faz. Depois desse tempo todo desses anos todos das noites agora é hora de contar. Hora de pedir para poder contar. Quero muito que saiba. Quero que complete a história com esse pedaço faltante, inflamado, revoltoso.

Fui à sua casa. Aquele dia. Devolver os livros que me pediu. Como posso depois de tantos anos me lembrar da temperatura daquele dia e os cheiros do ar nas ruas por onde eu passava e de como me sentia feliz porque iria vê-la. E, se desse, beijá-la. E, se desse, falar aquelas frases no seu ouvido e sentir efeitos sobre a sua pele. E, se desse, respirar sobre você contra a parede, você em meus braços tudo só um.

Apola, com que coração acelerado esperei o elevador subir cada um daqueles andares todos e você mora num alto longínquo que faz dos segundos um evento de inquietação e apertei a campainha e aquela surpresa tão ruim: foi ele que me abriu a porta.

TRÊS

Míndia é uma garota desinteressante não tem a mínima ideia disso nem de como poderia reverter esse quadro. É míope e, quando atingir os trinta e seis, terá rugas irreversíveis, não adianta creme, não adianta porra nenhuma, em volta dos olhos. Os olhos, no caso, são castanhos, desses bem comuns, os olhos castanhos e comuns, míopes, trarão as tais das rugas e não terão visto nada de tão importante com o passar definitivo do tempo.

É uma garota infeliz por causa desse nome que a mãe dela escolheu, quer dizer, que a mãe não escolheu, tinha escolhido Lindamira, mas o pai (o próprio pai da Míndia), que fez o registro da criança, decidiu mudar lá na hora. O que a gente também sabe é que por trás de tudo estava a avó, que botou na cabeça do pai da Míndia que deveria ser aquele nome. A avó dela se chamava Homera e era uma peste, pelo que a Míndia contava pra gente no colégio.

Escolha errada que, no fim, o nome não tinha nada a ver com a pessoa, já viu desses casos em que o nome não tem nada a ver com a pessoa? E os outros vivem dizendo, quando ela reclama *Ora, é só um nome! É apenas um nome! É só um nominho, querida!* Mas ela acha falso quando pronunciam aquele nome e depois tem sempre que se lembrar: é o meu. Já deu pra ver que a tal da moça – ela é jovem, vamos esclarecer, porque poderiam pensar que não, já que começamos com aquele problema todo de rugas e pele flácida e celulite e o marido não dando mais tanta bola pra ela, será que ele tem outra? – é meio bobinha: tanta gente sem ter o que comer desempregada sem ter o que vestir sem ideologia sem conseguir aquela vaga no dentista sem conseguir aquela vaga pra estacionar o carro e ela fazendo esse drama todo por causa de um nome, não leu os clássicos, *chérie*? Aquela coisa de *words*, *words*, *words*... E daí que soa meio falso o tal nomezinho?! Vai fazer uma tragédia por causa disso? E o que que tem a miopia a ver com o nome?

QUATRO
[TRÊS POR DOIS]

→ Cadê a caneta vermelha bem bandeirosa? (*procura na bolsa*). Tá aqui. Escreveu uma única palavra no bloquinho: "Chega!". Destacou a folha e a colocou sobre a mesa. Saiu. Será que ele vai entender? Chega. Muito vago? Claro que vai! Só se for muito burro que não entende! Talvez devesse ter escrito uma frase completa. Não! O que queria dizer era aquilo mesmo: chega. Bem direto. Ele não vive reclamando que eu falo demais? Será que ele já saiu do escritório? Ai, tô sem bateria no celular!

← Ainda está no apartamento? (*olha o relógio*). Não, a essa hora já saiu. Pena, podíamos comer a pizza juntos. Ai, a Ala anda tão esquisita! (*abre a porta*). Eita, até deixou a luz acesa! Porra, que bagunça! Faz uns três dias que nem lava a louça! Anda esquisita. Nem o celular atende. Melhor eu limpar depois, senão vem aquele discursinho de que eu não ajudo. Ah, vou comer primeiro. Quanto papel em cima da mesa! Bom, a casa é dela... Porra, pingou gordura nesta folhinha! Que merda, borrou! Deixa ver; ah, nem tem nada escrito. Só uma palavra rabiscada. Porra, passando o dedo borrou mais ainda a tinta vermelha! Será que era um bilhete dela? Era. Putaqueopariu!

≈ Tomara que a Ala não apareça hoje. Não é por nada, mas tive um dia de cão aturando aqueles alunos! Não estou nem um pouco a fim daquele papo de falta de comunicação e falta de interesse e falta disso e daquilo. Não, até que ela é gente boa. Até entendo. Mas por que não larga do cara de uma vez se está sempre tudo tão ruim? Hoje estou sem saco de ficar escutando. E se ela aparece? Se tocar a campainha, não ouvi. Telefone, não atendo. Qualquer coisa, eu estava no banho. Ou tinha ido lá na vó.

→ Vou no Emílio? Trocar umas ideias, sei lá. Nada de drama. Ai, o cara deve estar cansado, o dia inteiro dando aula de literatura naquele fim de mundo de escola. Não vou lá despejar problema na cabeça dele. Só passo pra ver se ele está, não vou ficar falando, falando. Quero contar que finalmente tomei a decisão. Ou vou na casa da Zilnéia? Zilnéia não. Vou pro Emílio. Lá o Virgílio não me encontra.

← Sobrou pra mim toda esta louça, que saco! Antigamente, no começo, era tão bom! Ela deve estar lá na casa daquele bichinha de merda, o tal de Emílio. Professor de quê, mesmo? Sei lá, qualquer merda. Literatura, acho. Porra, nem sei se já não era hora de dar um tempo. Anda tudo tão chato! Ah, eu que não vou lavar louça nenhuma. Nem esponja tem! Vou lá pro Sibilo. Hoje tem jogo. Nem vou deixar bilhete. Ihh, telefone. Ah, não vou atender. É encheção. Vou só guardar a pizza na geladeira.

→ Será que não chegou ainda? Que estranho! Bom, nem quero mesmo falar com ele. Nem sei por que fui ligar desse orelhão! Azar é dele. Quando chegar, que leia o bilhete, pegue suas coisas e se mande. É capaz de ficar sentado no sofá olhando pro nada. Esperando uma explicação. Eu já disse tudo o que queria. Chega! Será que leu o bilhete e foi embora? Bom, não vou demorar muito lá no Emílio. Janto e volto.

CINCO

Pronto. Agora estamos satisfeitos. É isso e só.

Olho pra colcha, esta colcha com estampa espalhafatosa, não combina. Mas não combina com o quê? Nada combina talvez e é isso e pronto. Colcha de quarto de hotel, quarto barato de hotel, quarto de hotel barato, puída, rala, flores amorfas, flores disformes, desguarnecidas, flores faltando um pedaço, flores que combinam com jamais. E agora estamos satisfeitos: eu e você eu e meu corpo eu e o corpo de ser você e eu uma desconhecida misturação.

E estas cortinas doídas. Dá pra ver e sentir o peso do pó nas cortinas. Eu penso rápido: – como é que cheguei até aqui? Puxo o lençol pra cobrir a perna – esfriou. Deve estar garoando lá fora. Tem um cara brigando no corredor; xingou a mulher de vadia e de duas outras palavras que não entendi. Bateu um sono. Me dá muita pena da colcha. E depois tem um vasinho no criado-mudo com uma flor de pano que deve ter sido vermelha, enfiada numa areia que brilha e ainda uma proteção de plástico pra evitar que a areia tente fuga. Porra, quanto empenho pra evitar que a flor se desvirtue. Como é que eu vim parar aqui? Não, não é um mistério pra mim. Não vou fingir filosofia.

É simples e acontece toda vez que eu deixo acontecer.

É amorfo e acontece toda vez que me deixo acontecer.

VI
VER:
INFINITIVO

UM
["WIE EINST LILI MARLENE"]

Vor der Kaserne As lembranças, que não param de desfilar na minha cabeça e minam meu corpo, me levam sempre ao mesmo lugar. Ali onde ficam as barracas. Perto da entrada. Onde você, à noite, costumava esperar – sob aquela luz – e me dizer palavras cheias de emoção, dizer o que eu significo o que posso significar o que significamos talvez. (Temo pensar de forma pretérita). São as palavras que me fazem sonhar agora. Se esta imagem permanecer, nos veremos novamente. Ali, sob aquela mesma luz estaremos juntos. Como uma vez aconteceu.

> *Maria Magdalene (Marlene), filha do tenente Louis Erich Otto Dietrich e de Wilhelmina Elisabeth Josephina Felsing, nasceu no dia 27 de dezembro de 1901.*

Unsere beide Schatten Ao se encontrarem, nossas sombras se misturam e formam uma só. Nosso amor não será passageiro, como insinuam os outros soldados. (Invejam nosso amor. Invejam o movimento a figura que as sombras formam. E sabendo disso, lhe acaricio e aperto contra o meu peito, contra o meu coração.) Não será passageiro, todos verão. Quando seguirmos ali sob a luz. Como aconteceu daquela vez.

Em 1935 se ordena que a famosa atriz alemã volte ao seu país.

Schon rief der Posten O guarda me diz: "Toque de recolher, vamos. Pode lhe custar três dias de detenção." Hora de nos separarmos. Nos beijamos. Pela última vez então. Dissemos adeus. Qualquer um preferiria ficar. Ficar para sempre com você.

Ela se recusa. Todos os seus filmes foram então banidos da Alemanha.

Deine Schritte kennt sie Hora de marchar. (Conhece os meus passos, meu modo determinado de andar). Quantos voltarão? Toda tarde me esperará. Antiga lembrança. Se alguma coisa me acontecer, quem ficará sob aquela luz com você? Quem ficará?

Naturalizada cidadã norte-americana, por três longos anos dedicou-se a levantar o moral das tropas. A canção "Lili Marlene" era ouvida nos hospitais e nos campos de batalha e cantada por aliados e por seus inimigos.

Aus dem stillen Raume Tentando dormir no alojamento, atrás das linhas. Da minha existência silenciosa e deste limite mundano como se fosse um sonho, você me liberta. Seus lábios perto dos meus. Quando as brumas da noite se enovelam, se revolvem, você espera ali onde brilha suavemente a luz da lanterna. Como uma vez aconteceu.

DOIS

Terá sido o segredo da minha sobrevivência? Sempre observei muito. Quando a vó morreu, descobri que eu sabia cozinhar as batatas e moer o milho eu sabia, porque havia observado como ela preparava a comida, onde estavam panelas e as coisas dali. Como se movimentava pela casa em ordens e tempos, onde ela guardava as chaves. E algumas medidas eu tinha por intuição. E ainda restavam lembranças, embora na época eu fosse muito pequeno, de como alimentar os animais ou de quanta lenha cortar pro fogão.

Acordavam cedo, ela e o vô, falavam pouco comigo e pouco entre si, mas se entendiam, como se regidos por algum roteiro jamais escrito, uma partitura tácita que interpretavam de cor – isto estabelecera o tempo. Há quantos anos estariam juntos é um mistério que respira entre tantos outros. Possivelmente desde a infância, talvez até fossem primos, cresceram juntos numa mesma aldeia, e depois, talvez mecanicamente, talvez por amor, tenham se casado. De filhos, apenas um: Antônio. Diferente dos costumes dali, onde as mulheres eram procuradas para gerar os filhos que, com os anos, se transformariam nas mãos que geram o alimento.

Tiveram apenas um, por aqueles desígnios da natureza. É possível que não tenham querido discutir se a ausência de filhos era por doença e de quem. E se valia a pena procurar o curandeiro e dar conta de colher ervas que restituíssem a possibilidade de uma família maior. Esse filho que tiveram era enfermiço e, em vocabulário mais explícito, inútil. Antônio, dado a divagações, um moço de aparência aceitável, nada em seu rosto que desagradasse o olhar, nada evidente, a não ser aquele caráter débil, pouco afeito ao trabalho. Mesmo assim, conseguiram casá-lo com uma moça que se chamava Vanja, embora ele demonstrasse pouco ou quase nenhum interesse por fêmeas.

Foi assim que eu nasci.

TRÊS

No shopping comprei três conjuntinhos novos e um vestido que mandei ajustar – não porque precisasse deles realmente, mas porque a vendedora insistiu – e fica pronto só na sexta; pra dizer a verdade não me lembro muito bem dos modelos nem das cores, mas eram lançamento e me lembro que a vendedora se chamava Míndia porque eu fiz questão de pronunciar o nome dela umas três vezes como se fôssemos grandes amigas (isso eu aprendi com a minha avó alemã *Focê defe falarr semprre u nôme da fendedorra*) e ela me veio com aqueles palpites profissionais/chatíssimos mas infalíveis *Tá uma graaaça, Dra. Eneida*! Aquela vozinha frenética com cheiro de *Minha comissão* enfatizando o *doutora*; acho que pensou que eu fosse dentista acho que pensou que dava um grande status enfatizar o doutora sem nem saber o quê, realmente, eu era! *Ligo pra senhora quando chegarem as novidades de verão*. Saí da loja com o cartãozinho dela – a Míndia dos Santos, deve ser parente do Mirinho (rsrs) – e as sacolas com letras prateadas e aí entrei na joalheria e comprei um relógio lindo pro Mirinho e um pedantif soberbo para a mamãe e chamei a vendedora pelo nome: Mara; e ela me atendeu eficientemente edificantemente edulcorantemente deu sorrisinhos o tempo todo e o cartãozinho na saída. Na loja da frente comprei um aparelho de jantar – irresistível; vão entregar amanhã cedo não posso me esquecer de avisar a Wanderlúcia. Aí tocou o telefone e era a Eugênia com aquele interminável monólogo de marido que não quer mais saber dela e de amante que não quer saber mais dela e eu tenho vontade de dizer uma coisa *Não percebe que você se deixou ficar desinteressante, querida?* Mas o máximo que eu digo é *Ora, é só uma fase. Você achaaaaaa, Eneidaaaa? Claaaaroooo, Eugêniaaaa. Me liga depois ou a gente se encontra no clube? Te ligo. Combinaaado. Beijoooo. Beeeijo.*

FI
NAL
MEN
TE,
É
AMANHÃ

UM

O carro estragou. Vou ter que passar na oficina.

E o remédio da mãe?

Vê se tem na farmácia aí perto. Se não, dá um pulo no centro. Vai de táxi.

Desliga. Um vazio. Desde que se casaram, treze anos, é o Turno que compra os remédios da Dona Maria Odette. Cardíaca. Não pode passar um dia sem.

Mãe, vou na farmácia.

Não me deixe faltar os remédios! Por que que o Turno não vai? O molengote?

Elevador. Coitada da mãe, tá caduca! Na saída do prédio encontra a zeladora.

Passear?

Que nada, Mara. Farmácia... remédio da mãe.

O falecido marido era bem assim. Não dá pra descuidar o controle, né?

Sai. Que a mãe não apronte nenhuma! O fogão. Tenho um medo de gás!

Farmácia.

Tá em falta esse daí.

Peço pelo disk-farma. Trazem de moto. Mas demora. Como não percebi que a caixinha estava no fim! Melhor um táxi. Rapidinho. A mãe está na frente da tv mesmo.

Pro motorista – da janela do carro.

O Sr. sabe se tem farmácia por aqui?

Só bem lá no centrão. E agora é horário de pico... Engarrafa que é uma beleza!

Não vou ter o dinheiro suficiente pra remédio e táxi! Nem trouxe o cartão. Vou de ônibus. Entra. Que lotado! Ai, meu pé. Nem dá pra ver lá fora. Tanta curva. Não vira esta coisa?

Ninguém desce?

Agora só na Rondinha.

Rondinha? Será que é uma loja? Tenta olhar o relógio. Tomara que a mãe não saia da frente da tv. Ai, perdi o relógio! Me roubaram?

Rondinha é no centro?

A Sra. queria ir no centro? Devia de pegar o norte-sul 2. Esse é o sul-nordeste 8.

Que ideia! Ponto final. Ufa! Estouro de boiada. Desce. Calma: pego o ônibus de volta. Melhor ligar pro Turno. Cadê o celular? Perdi, não acredito!

Lanchonete.

O Sr. pode me emprestar o telefone?

É cinco.

Eu pago.

Ninguém atende. A mãe não escuta! O Turno nem chegou. Está no banho? Paga. Volta pro ponto.

Qual vai pro centro?

O Santana. O 20 ou o 45. Acabou de passar...

Chega o Valenza. Todos embarcam menos ela. Tremendo. Sozinha ali. Que horas serão? O Turno deve estar preocupado. Meia-calça desfiada. A cabeça lateja. Uma hora de espera. Ônibus chegando: Santana 45.

Ô passagem cara!

Também, dona, pelo tanto que anda!

É longe assim até o centro?

Centro? Nós vai pro Botiatuva. Pro centro é o Santana 20.

Pânico.

Quero descer, por favor.

Esse é direto. Se nós para o fiscal pega nós.

Tenho mãe doente!

Eu também.

DOIS

Há horas aquilo martelando. Merda! Nem dá pra trabalhar! Aspirina, não adiantou. Insistia: 8.245. Pensar em outras coisas: o jogo de ontem (3X1, que porra! 8.245); a namorada nova do Otávio (umas 8.245 coxonas!). Lista de compras: sabão em barra (oito), café (mil), fósforos (e quarenta), queijo ralado. Porra! Parece torneira pingando: 8.245, 8.245, 8.245. O expediente tá no fim! Vou é direto pra casa. Amanhã passo no supermercado. Já saindo (8.245) comenta com o Evandro:

Tem um número, cara (8.245), dia inteiro me atucanando.

É milhar, Virgílio? Joga na cabeça, que é a sorte!

E se o Evandro tá certo? (8.245) No caminho de casa parou na lotérica.

Tô (duzentos) com um número (e quarenta) na cabeça (e cinco): 8.245.

Milhar completa! Tá milionário! É isso aí, tem que investir pesado.

Sai da lotérica, apalpa o bilhete no bolso da calça: uma bolada essa porra!

Em casa. Esquentou as sobras de comida da geladeira e aquilo sem dar trégua. Atirou-se na poltrona. Ligou a TV. Espantalho. Nem ouve o comentarista esportivo. 8.245. Vai dormir. Tenta dormir. Caralho! Será que (oito mil) tô (duzentos) ficando (e quarenta) louco (e cinco)? Madrugada e ele andando pela casa, olhando pro relógio: 8.245. Tomar um calmante. Não consigo 8.245 ler a bula! Vira duas colheres de sopa de uma vez. Dorme, mas não sonha com as coxas da namorada do Otávio. Sono agitado: 8.245. Acorda num desespero. Olha o despertador (Tocou?). Porra, perdi a hora! Como é que vai trabalhar naquele estado? (oito mil...). Ligar pra lá. Impossível! Os números se embaralham e o telefone do escritório acaba sendo sempre o mesmo: 8.245. Amanhã (oito mil) explico. Leva a mão ao bolso. Segura o bilhete, (8.245, 8.245). Sem nem se pentear, sai em direção à lotérica. O vendedor sorri:

Ansioso, né? Mas não foi desta vez! Deu este aqui, ó. Quer tentar de novo?

Sai sem responder. Caminha sem rumo até que vê a plaquinha: "Mãe Rose, presente, passado e futuro por tarô, búzio e mão". Portãozinho. Corredor comprido. Calçadinha (oito mil) desgraçada (duzentos), cheia (e quarenta) de pedra solta (e cinco). Bate na porta roxa.

Entra, fío. Abra seu coração a Mãe Rose!

Incenso e fritura. Senta-se em frente àquela figura: Mãe Rose. Maldito número!

Tem um... (8.245) ... não me sai (8.245), noite e...

Seríssima, ela pega um baralho ensebado, embaralha, pede para ele cortar ao meio. Dispõe as cartas na mesa. Diz: *À-zol-li-vre! Dá a mão esquerda. Íche! Mãe Rose tá veno o número aqui!*

8.245?

Esse um. Mandinga! Muié deixada por vós em vingança de abandonamento!

Eu (oito...) nunca...

Pode ser interpretação controvérsia. Vamo consultá as concha.

Respira fundo e sacode os búzios. Olhos fechados, sussurra uma oração. Lança as conchinhas sobre o lenço azul.

Colega desejoso do vosso lugar no trabalho que tendes!

Mas (8.245); tem só o ... mas ele (8.245) ... outro setor e ganha mais (8.245).

Cruzincrédo! Vejo: por Destino o número grudou no vosso miolo e de lá não sai enquanto não se fizer trabalho pra enviar ele pro lugar certo.

Lugar certo? (8.245).

É... Mãe Rose ajuda e não cobra. Tudo por dom de adivinhamento. Garante o desmanche mental do número que atina! O fío só tem que ter fé e trazer um material que a Mãe reza e o número se vai. Não faz, acaba enlocando. Vi casos bem igual. Grava de cabeça que é coisa pouca: traz duas galinha, das graúda. Três garrafa de vinho Campeão, pra derramar no terreiro e preparar o peditório. Quatro barra grande de chocolate ao leite... Três detergente, neutro – não traz de maçã que não dá certo! Quatro quilo de patinho tirado em bife...

Bife? (8.245).

TRÊS

Dorabela, desculpe-me, respondo com tanto atraso. Tu me perguntavas como vão as coisas. Tudo segue igual. Talheres, toalhas de banho, calçados e angústias – tudo guardado religiosamente em seus devidos lugares, todo santo dia. Do Homem com quem vivo há tanto, já sabes. E eu, como tu, entrada (enterrada?) em muitas primaveras; deslizo num desassossego perpétuo e aquele não poder controlar mais as maldades que o tempo faz com nosso corpo. Perde-se o entusiasmo – sabes como é. E a luta diária de cremes e exercícios é insana. Perdi há muito.

Eu poderia ter te telefonado, Dora, mas sempre convém evitar as conversações dificultosas entre pessoas que não se veem há muito tempo: temo especialmente aqueles momentos de silêncio em que se vasculha a mente em busca de assunto e depois saem frases como *E aquele teu primo, o da lavanderia?*

Encontrei Nilda no supermercado – creio que não me viu, ou não me reconheceu – aquele rosto que era puro frescor sucumbiu ao tempo; aquela Nilda deu lugar a um rosto descaído onde as linhas despencaram. Cheguei agoniada em casa e corri para um espelho e ali vi o mesmo rosto da Nilda. Custei a entender. (Olhar pra trás e ser ainda aquele rosto que não mais?)

Me perguntavas *Tudo bem por aí?* Sim, tudo se cumpre sem hesitação. Filhos criados – em dezembro chega-me mais um neto. Alguém me perguntou se estou preparada pra mais um neto? Eu, que comprei um tênis com florzinhas – acredita? Claro que foi no impulso, não vou usá-lo. Me sinto anacrônica; ridícula, eu sei.

Meus quatro filhos moram longe, Dora. Sim, há aquelas sessões embaraçosas – com noras e genros incluídos – e festas de final de ano. Não que não tenhamos uma boa relação – mas é que me parecem desconhecidos, cada qual com suas coisas. Difícil não se sentir inútil depois de anos de dedicação a mecanismos que não mais existem. Agora é este confronto diário com o Homem. Envelhecido também, sim, mas seguro, com seu dinheiro acumulado e suas vaidades regiamente guarnecidas. Dorme com a secretária – uma dentuça divorciada e que tem dois filhos. Pouco importa. Isso te choca, Dorabela?

Pequenos prazeres? Como são pequenos! O copo de bom vinho ao entardecer o chá importado flores exóticas para cultivar uma roupa cara (de viagens não gosto) os livros. As leituras me salvam; mas nem sempre. Há longas semanas de desamparo total. Mas nunca deixo que o Homem perceba. Tenho pena dele – deve ter seus desatinos íntimos também – e tenho pena de mim, me entendes? Ora, estou te fazendo estas perguntas por hipocrisia. Poderia seguir aqui te contando da reforma da casa, das rendas que encomendei, da cozinha modulada nova, da longa lista de médicos, de remédios que tomo ou que deveria tomar. Mas não te enviarei esta mensagem. Já o sei. Da mesma maneira que constato que já não adotarei nenhuma das fórmulas para reverter certas coisas (são crônicas) não enviarei esta mensagem a ti. Amanhã, a inércia. Não me vejo indo a nenhum Correio com o presentinho que pensei em enviar-te. Amanhã, elegerei outra maneira de salvar-me: talvez preparar uma receita complicadíssima que me tomará boa parte da tarde. Boa ideia. Puxa, perdi o horário de ir ao Correio! Amanhã, depois de amanhã, depois de depois de amanhã: ali está o meu simulacro de vida.

Por aqui tudo bem, Dorabela. E tu, como estás?

QUATRO

24/05

Eneido,

Você está redondamente enganado – não estou com a mínima saudade. Pretensão sua insinuar isto à minha colega de trabalho, a Vanja. Escrevo este bilhete só porque não quero ligar e ter que ouvir uma das suas "biscates" atender o telefone. Quero apenas comunicar que seus pertences – roupas e coisas em geral – já estão ajeitados em duas caixas e sacolas. Pode vir apanhar em horário comercial. Avise antes

que eu deixo na portaria com a Dona Apola. E não me chame mais de "Minha Néinha", por favor. Agora sou uma mulher livre, trate de entender isto e respeite. Esta liberdade não tem preço!
Zilnéia Maria

14/06

Nenê,

Sim, vou por aquele vestido que você pediu.
Tua
Néinha.

CINCO

– Em vinte anos a casa é da gente. É, B.N.H.
– Verão, pulga no colchão. É, B.H.C.
– Pegaram o pobre moço. É, C.P.O.R.

– A vó sempre falava: "Filho de doutor dá carroceiro e filho de carroceiro dá doutor". É um ditado que ela sabia desde lá da Europa.

– Dois dias sem vir, Creuza!
– Por isso que tô ligando, Dona Ala. Fui até no Postinho tirar a pressão. Só choro (chorando)... no rádio... a desgraça com o Lindomar... preso... a própia mulher... Atirou... Tô sem condição... pode descontar os dia.
– Calma, criatura! Você tem neta pra sustentar. O que é que tem o Lindomar Castilho com a tua vida?
– Se a senhora quiser, pode me dar a conta, mas eu não vou ir.

– A lâmina da máquina tava desafiada que deusulivre.
– Eu me comprei o jogo de quarto completo faltando só os bidê.
– Já esquemei tudinho: uma calça topeka.
– Isso pioreia pra você?
– Pois saiu semana passada pra uma pescada inda num voltou.
– Pode ficar tranquilinha de tudo!
– Pro casamento da Marca Antônia? Aquele meu de manga bufante e cintinho. A gente tem que ir meio aperfeiçoadinha, né?
– A Netuna em vez de santantônio do frango diz sobrecu.

– É, o pessoal vão chique.

– Domingo tem almoço na casa do nonno na casa da oma na casa da minha batian na casa dos meus dziadkowie na casa da nonna na casa do meu ditian na casa do meu opa lá na casa dos nonni. Você vai, não?

– "Isto não é linguajar de uma mocinha!": 1) A gente tinha; 2) A vez passada; 3) Eu vi ela. Bastava dizer (sem querer) e lá vinha o eco: 1) "Olha esta boca!"; 2) "Vespa assada com molho é bom"; 3) "Viela é uma rua estreita". Putaqueopariu como os cara era chato, meu!

– Aula: "Ontem eu contei dos ban-dei...., bandeirantes, isso mesmo! Eles vieram numa ex-pe-dição – é uma viagem – para estas bandas, o povoado de Nossa Senhora da Luz dos Pinhais, procurando ouro. Povoado é uma vila. Reza a lenda que consultaram o cacique Tindiquera – cacique é o chefe da tribo – para que ele mostrasse o melhor lugar para começarem a cidade. Ele zanzou com os moradores pra lá e pra cá; ele segurava uma vara na mão, uma varona, e de repente ele furou o chão com a vara e gritou: "Aqui!". Bem naquele lugar eles construíram uma capelinha de pau-a-pique que depois, com o passar de muitos anos, é onde é hoje a nossa Catedral Metropolitana. Para amanhã, trazer a definição de "pau-a-pique". Quem tiver foto de revista pode trazer, mas recortar enciclopédia não! Pode, pode desenhar se quiser."

– Tudo pronto; asa de papel crepom, coisa mais linda o vestido de anjo. No dia da quaresma peguei sarampo.

ÚLTIMOS CANTOS:
IMBELES

No peito aqui lhe esconde o iroso ferro:
Gelo os órgãos lhe solve, e num gemido
A alma indignada se afundou nas sombras.

Eneida (Livro XII)
Virgílio
Trad. O. Mendes

A função narrativa perde seus atores, os grandes heróis, os grandes perigos, os grandes périplos e o grande objetivo.

A condição pós-moderna
Jean-François Lyotard (1924-1998)

PRÓLOGO
(OU "ISTO ACONTECE")

Meu avô era português e se chamava José Rodrigues Vieira Teles Guimarães Queirós Prado Magalhães Fernandes Dantas Peres Ferreira Aguiar Barbosa Gonçalves Silveira Veloso Ramos Gomes Proença Andrade Araújo Sousa Teixeira Almeida Lima Brito Caldas Torres Carvalhal Morais Guedes Medeiros Alves Martins Ávila Pinheiro Figueiredo Pereira Maciel Melo Camargo Bandeira Amaral Monteiro Carneiro Botelho da Silva. Sim, eu tenho vários parentes. Será que a gente não é?

Ele era airoso e guapetão. Se casou três vezes. Primeiro com uma negra, a Janaína e eles tiveram nove filhos. Meu pai era um deles. A vó morreu de maleita. Teve quatro vezes. Depois ele casou com uma holandesa, a vó Wilhelmina que eu achava muito troncuda (viu as duas fotos?) e eles tiveram cinco filhos e ela morreu de parto no último que foi o tio Gerolt. Diziam que o vô teve um filho com uma alemoa, mas não se casaram. (Tinha um menino alemoado que sempre aparecia lá na casa e o vô escorregava dinheiro pra ele e depois sumiu, quando entrou na Marinha. O nome era Jorge Luis. Mas pode ser apenas intriga e era só afilhado. Chamava o vô de padrinho.

Vai saber!). Aí o vô se casou com uma índia, a Jaciara. Eles tiveram sete filhos. Ela morreu de tuberculose. O vô morreu um pouco depois, de velho mesmo.

Tem gente que não entende como que na família a gente tem primo de olho claro e mulato e cabelo sarará com primo de cabelo liso liso lisinho e prima bem alta e umas baixinha e de cabelo preto preto e olhão castanho senão de olhão azul azul e tem até um ruivo, o José Enéias, e uma loira que tem pele escura e olho verde que é a Margaridinha que puxou do vô o gosto pelo comércio. Ela trabalha numa verduraria e vai bem.

PAIXÕES & FINS

Frau Kortmann era uma mulher demais de chique, eu achava ela muito linda com aqueles olhos azul clarinho. Parece até que brilhavam, sabe como? A Mara sempre comentava: "Nossa Senhora Aparecida, coisa mais linda aqueles olhão da Dona Frau, né?", "Com esses olho azulzão dava até pra ser artista de cinema. Já foi ver filme de cinema? Aparece as carona das pessoa como fosse numa televisão bem grande." E ela realçava com uma sombra às vezes cinza, às vezes azul mesmo. Sombra de estojo, decerto comprava da Antônia, que trazia de São Paulo. Pode até que recebia de presente da parentada galega lá de longe.

Era boa, boa, aquela mulher. Era a mulher mais boazinha que eu lembro aqui da rua. Dava aulas de corte-e-costura. Uma vez a tia começou o curso e no fim do mês se apertou porque o tio trabalhava por conta e o mês foi fraco e a Frau Kortmann falou pra ela pagar só no próximo. Tinha unhas lindas também, bem cuidadas. Fazia a mão no salão de beleza da Elizabete todo sábado. Às vezes eu via ela lá, quando a mãe deixava eu ir junto. A mãe não ia sempre; só quando tinha casamento ou formatura. Também foi fazer o cabelo pra ir no velório da Dona Líbia, que era Diretora do Grupo Escolar. Foi muita gente e a mãe não podia ir desmazelada. Foi com aquele conjunto de saia e casaquinho preto de losango que ela sempre usava nessas ocasiões de morte de gente.

Uma vez eu fui lá com a tia, experimentar a roupa do batizado da minha prima Luciana. A Frau Kortmann serviu um suco de goiaba que ela tirava do próprio quintal. Eu achei ruim aquele negócio, mas tomei tudo porque a mãe ensinava que a gente tinha. Quando a tia foi na varanda pra ver se vinha chuva a Frau Kortmann passou a mão na minha cabeça e disse que adorava criança. Não lembro se ela falou adorava ou gostava.

Uma vez a Augusta tava precisando de um bujão de gás porque roubaram o dela e a Frau Kortmann emprestou um, cheinho, e depois a Augusta devolveu ele vazio e nem teve que pagar. O Lácio lembrou dessa história do bujão um dia que a gente se encontrou na frente do Mercadorama e relembrou os tempos antigos da vizinhança. Agora quase tudo ali na rua é escritório. O Lácio tá trabalhando no ramo de cortinas, mas disse que agora persiana tem mais saída. Depois que eles se mudaram não veio mais notícia da Frau. Lembro que ela tinha até diploma com caligrafia desenhada: o nome dela completinho. Não lembro inteiro, mas tinha Homera no meio. Eu achava lindo quando ela usava aquele turbante de florzona, você lembra?

DOIS

Eram duas filhas da Frau; duas gêmeas, a Netuna e a Mercúria. Elas eram loiras de doer, bem branquinhas. Mas não eram uma bem igual a outra. Dava pra saber facinho qual era quem porque a Netuna tinha nascido primeiro e era mais desenvolvida. A Mercúria era mais miúda e contavam que quase morreu no parto porque o médico, na hora, não percebeu que eram duas; quase esqueceu ela lá dentro. Já pensou?

Uma delas, a Netuna, se formou enfermeira, mas nunca usou o diploma porque a profissão era muito difícil, tinha que passar noites em claro e ela não aguentou o tranco; preferiu cuidar dos aluguéis da família. Dizem que esse negócio de fazer plantão de noite acaba com a saúde da gente, sabe? Não casou, apesar de bem bonita e prendada. Tinha um dente tortinho que todo mundo invejava, esse aqui da frente – era um charme. (A Dona Líbia uma vez falou: "A Netuna tem mais it que a irmã!"). Parece que teve um pretendente que se chamava Emílio, mas ele foi trabalhar em uma capital lá do Norte. Longe à beça. Depois desfizeram o namoro por carta mesmo. Já a Mercúria, apesar de mais doentia (fez uma cirurgia cardíaca quando pequena, porque tinha sopro), casou com um médico e teve um bando de filho. Era mais de seis. Animada, né? O médico tinha tido pólio e puxava uma das pernas. Mas discreto. Quando ele vinha namorar, parava de carrão na frente da casa da Frau Kortmann. Todo mundo da rua dava uma espiadinha pela janela. Ele se chamava Dr. Sibilo, acho. A vó se recusava a falar Frau por causa das coisas da Guerra, sei lá, ela dizia Bom dia, Dona Homera, quando encontrava. Para alemão ela falava "os boches". Eu nunca mais vi nenhuma das gêmeas. Não tinham o dom da costura, como a mãe. Só fiquei sabendo isto da filharada da Mercúria pela Ácia, que eu encontrei na Dona Margarida da verduraria. Acredita que a Dona Margarida teve a cachimônia de me cobrar quase três e cinquenta por uma penquinha mixa de caturra? Não é o fim da picada? Tem dias que ela enfia a faca. Paguei só porque tinha que fazer o bolo – já que vinha o Mirinho.

TRÊS

Aquilo de meu benzinho não funcionava, a Wanderlúcia não tinha a menor vontade de brincar de felizes para sempre, só pensava em tomar o lugar do Indolá no escritório e fez daquilo a vida dela e foi ficando chatíssima. Tá, eu pulei fora.

Quem disse que a Wanderlúcia era obsessiva foi a prima dela, a Marca Antônia, na festa do Emílio. Achei bonita a explicação de fundo psicológico e dei carona depois da festa. A Marca Antônia era um estrondo de ponta a ponta, no começo eu até perdia o fôlego. Até flores comprei. Ela sabia citações. Tinha citação pra tudo e, te digo, aquilo me impressionou. A coisa que eu mais queria saber era o que é que ela ia dizer, quem ela ia citar depois de uma boa... tá sabendo? Aí, florzinha pra cá, caixa de chocolate recheado pra lá, cinema e depois só beijinhos até que as coisas foram indo e quando vi tava rolando. Caprichei, modéstia à parte. Um tal de J. G. de Araújo Jorge. O cara que ela citou e aquilo deu até dor de estômago. Foi humilhante não ter a mínima ideia de quem era aquele cara – será que foi um ex? Não telefonei mais e fiquei sabendo que a Marca Antônia disse que eu não valia nada pra Janete.

Aí me senti na obrigação de explicar as coisas pra Janete. Afinal a gente tem a moral a zelar! Levei a Janete pra jantar pra explicar os prós. Levei pra visitar um parque no domingo à tarde pra explicar o resto dos prós. E os contras eu expliquei no sofá do meu apartamento mesmo. Tentei de novo a coisa de meu benzinho e dessa vez estava indo aparentemente bem. A Janete é daquelas que geme por qualquer coisa, sabe como? Entra dia sai dia o negócio vai ficando enjoativo e nem entrou nem saiu tanto dia assim e o negócio foi ficando insuportável. Saí pra comprar um cigarrinho. Ói que moça ajeitadinha essa da sainha jeans!

Vou morrer de beijar esta boca foi o que pensei quando conheci a Ana Clara. Que sorriso! Não é pra me prevalecer, mas vá lá: vivi o paraíso com aquela mulher! Se isso é bíblico? Sei lá! Bom, ela era um delírio, delírio absoluto não fossem os filhos, quatro. De dois casamentos. E, claro, os gêmeos Eneido e Eugênia. Apartamento minúsculo. É chato transar no tapete da sala com aqueles brinquedinhos espalhados Lego Fofolete Beyblade Panelinha. Por mais que a coisa engrene fica sempre a sombra da dúvida: será que eles brincaram de pega-vareta hoje? "Me perdoe, [foi o que escrevi no bilhetinho] mas peguei um emprego com vendas e vou ter que viajar muito – quando passar por aqui eu te ligo." Pensa que não doeu fazer isso?

Arrasado, fui pro bar do Otavinho encher a cara e estava na segunda dose quando desfilou a Elizabeth com aquele rabo exemplar e as sandálias brilhantes. Pensei: vou chamar essa aí de meu benzinho... e pisquei e ela deu aquela risadinha que diz tudo e a Elizabeth é uma safada, daquelas que vai tirando tudo da gente mas eu nem me importei. Chocolate flor cinema tudo de novo. Até uma blusinha de seda daquelas de falsa oferta tive que morrer com uma lá do shopping. Mão aqui mão ali. Apartamento finalmente. Furada: a Elizabeth não gosta da coisa. Tempo perdido. Só gosta de rebolar pra passar uma ideia equivocada. Enganação. Não vou voltar no Otavinho. Por uns tempos. Também não foi uma desilusão tão grande assim.

E depois, hoje à noite vou sair com a Zulma, a gordinha do 502. Entramos no elevador juntos essa manhã e ela viu que eu estava com sacolinha nas duas mãos e perguntou: "É sexto, né? Quer que eu aperte?"

É bem ajeitada e o Bittencourt falou que ganha bem. É pra eu ligar às 7 e 15. No meio do jantar (ela me convidou pra jantar primeiro e depois ver um filme) vou arriscar um meu benzinho, como quem não quer nada. Se ela não estrilar já de cara, quem sabe tem futuro a coisa toda. Se durar mais de mês eu passo a chamar a Zulma de meu amor.

QUATRO

A bricolagem, tomada no sentido mais amplo do termo, pode ser uma saída.
M. Houellebecq

Você fica insistindo. Você que eu nem sonho em recuperar através de palavras esguias, fica insistindo. Você que fala sobre mendigos e mendicâncias, sobre meu corpo no meio da noite: suas teorias seus axiomas seus fleugmas. Isso talvez não me atraia, Marca Antônia. Ainda não sei.

Não vou escrever. Tenho medo de escrever sobre isto. Vou só pensar. Organizar como eu quiser. Os pensamentos, as coisas todas que aconteceram. Percebo que estes não são os nomes verdadeiros.

Devem ser os segundos nomes.

CINCO

Vejo meu próprio nome rabiscado no tampo da carteira da escola. Hã? Leio de novo. Meu coração dispara. Meus olhos se enchem de água. Alguém tinha escrito aquilo ali. Não eu! Nome completo bem direitinho! E se a professora, a Dona Creuza, descobrisse? E se me mandasse pra Diretora, a Dona Líbia? Não tinha como provar.

Naquele momento eu percebi que aquele nome escrito por quem quer que fosse levaria irreversivelmente apenas a mim.

Fui com o pai na casa do meu tio que pintava quadros. Ficaram conversando na cozinha. A tia Liz fervia uma água pro café. Entrei escondido num quartinho lá fora onde o tio guardava as telas e as tintas. *Não mexe em nada!*, o pai disse lá longe. Bisnagas de tinta. Um monte. De todas as cores. É lindo, você já viu? E têm uns nomes tão bonitos. Não aguentei e apertei uma. Era de vermelho vivo. Bem de levinho, mas saiu um monte! Fui no tanque correndo lavar e no fim o azulejo branquinho ficou todo vermelho. E a água ficou engordurada. Parecia óleo de cozinha. O tio: *Quem é que andou pegando o que não devia?!*

Naquele momento eu percebi que era impossível manter segredo sobre os vermelhos.

Apareci de óculos no almoço da vó. As primas ficaram maravilhadas. Principalmente a Baby. A mãe sentenciou: Hiper-metro-pia. Os adultos entenderam. A gente não, mas a Eugênia (doze) traduziu pra nós, as pequenas: *Ela vê tudo bem grande... De óculos, vê normal...* A Luciana (sete) me perguntou espantada: *Você vê maior tudo?!* Respondi: *Bem maior...* e ninguém duvidou.

Naquele momento eu percebi que só eu podia saber como realmente enxergava as coisas. E dava bem fácil pra mentir.

SEIS

Eu estava indo pro céu. Mas parei pra tomar um cafezinho. Xícara fria, por favor. Deus sabe o que puseram ali dentro. Acho que puseram pó de giz. Porque não era nada doce. E eu perguntei e riram de mim quando pensei em doçura. Quando trouxe à baila questão tão polêmica. Até eu ri, no fim.

Ia direto pro céu. Mas parei pra amarrar o sapato. Haviam me alertado das quedas das marcas roxas na pele e daquela dorzinha enjoativa quando a gente se mexe e o perigo de quebradura de costela. E ali embaixo, na solidão do amarrar, naquele segundinho percebi: não consigo voltar à posição ereta por mais sapiens que eu seja. E não dá pra entrar no céu assim de cócoras.

Ia, certeza, pro céu. Tinha lista de boas ações passada a limpo com letra que a Dona Netuna da 2ª série teria elogiado. Redonda. Perfeita. Pingos nos is e nos jotas! Então era passe direto. Mas parei pra olhar uma vitrine. Ah, a sedução dos manequins em suas expressivas curvas! Aí lembrei do cartão de crédito. Não, não era meu. Na hora pareceu apenas um detalhe.

Já disse: estava indo pro céu. Mas parei pra comprar um drops de ameixa. Não tinha. Não existia.

Ninguém tinha pensado nisso. Atrasou um pouco a história toda.

Ia de fato pro céu, mas alguém me telefonou. Não era engano. Ia, te juro, direto pro céu. Mas pensei nas pernas da Néinha. E o padre descobriu. E o marido dela descobriu. E a minha mulher descobriu. E deu no Jornal do Comércio.

Estava indo pro céu, mas parei pra pensar besteira. E depois pra anotar a besteirada toda. Uma trabalheira, convenhamos. Mas teve momentos de pura diversão, tô usando de franqueza. Confesso: acho que o que me moveu foi uma certa vaidade. Foi. Cá entre nós: um vacilo. Vacilo dos grandes que, naquele exato segundinho, entrou em vigência uma lei que nos condenou pra sempre ao contrário.

Pra sempre ao contrário. Eternamente ao contrário.

SETE

Agora é aqui. E as coisas de dentro se parecem muito com estas imagens da terra que tremeu a 7,3 graus de magnitude e depois os escombros, pedaços desparceirados, pedaços formas que foram alguma coisa maior.

Agora os olhos compreendem apenas um imediato e eu nada lastimo, não há procedimentos, pareceres, sentenças. Apenas miro a árvore próxima no horizonte há montanhas, mas não alcanço sequer o desenho. São coisas de melhores geografias. Aqui chegam histórias, mas são como um faz de conta ruim, um conteúdo doloroso que gruda na pele e depois lateja. Vamos espremer o vermelho até a supuração. Vamos tentar compreender a fruta fresca.

Hoje começa a vida. (Serão sete?) A vida começa hoje. Entraram e saíram por aquela porta. Alguns não serviam e de outros sequer tomamos conhecimento sequer compreendemos latitudes gestos sangrados e as delicadezas. E de outros não tivemos olhos para a solicitude.

Hoje começa o movimento são linhas melódicas o que se entende e a escuridão de floresta que se abre. Todo um jasmim todo o cristalino do diamante e agora seguramos em punhados. Dom de aventura e remanso.

A vida começa agora quando se desaparecem do papel nomes e dias e o calendário é uma flor íntegra que não precisa mais de ordens. O calendário é o branco e nisto que se inaugura não haverá pressa. As linhas emanam e as mãos todas as mãos reconhecem seda e espuma. Os olhos não querem mais o que ficou perdido em gavetas os olhos ora respiram.

Vida agora é alvorada. Vida é estar de verdade mesmo aqui.

OITO

Queria escrever uma puta história de amor, mas a minha era insossa era prantiva e abetumada. Como escrever uma história completa se a nossa é apenas um bilhete? Hoje a minha boca é só um desenho ruim e ninguém poderia adivinhar como foram belas as coisas que eu disse pra lhe fazer acreditar em branduras.

Hoje os meus olhos são repositório de cenas entrecortadas sem sequência. Fotogramas sem encaixe.

Eu aqui na frente da brancura, da alvura, do brancor, da branquidade, do alvor. Eu que meu artifício meu hibridismo meu hiato o sismo meu o meu edifício meu grande feito feito BRADOS:

Os bardos dedilhavam hinos embriagados. Cabelos despenteados meticulosamente, entornavam vinhos e vicissitudes; os dias passando foram, enfim, reinventados. Transformaram-se, os bastardos. Cantam, enfim, as vozes por alto-falantes rasgam e cirzem corações e certezas. O suor cintila o suor congela. O tema volve redivivo é puro sangue feito de agoras.

Depositas sério o dinheiro o lucro é o filho esperado. O porquê da voz aveludada, das mãos insuspeitas, fidedignas e limpíssimas. O lucro é o que pregas quando a mesa posta, toalha de renda da poupança. Repartir em pedaços o pão amassado pelo diabo.

Ela descera as escadas como se estivesse indo pro baile. Nunca voltava a tempo. Descia as escadas como se lhe tivesse rompido a bolsa. Chegava tarde e me contava a mesma história. Tinha eu olhando e ouvindo. Nunca voltava pra mim.

Se a proprietária me pedir as chaves vou ter que fazer dinheiro: vendo minha alma. Mas nas coisas de valor sentimental, não toco. Daquela gravação rara onde desafinam, gosto especialmente. Aquele envelope que veio vazio acho lindo só com destinatário. O destinatário tem o meu nome e o meu nome tem um absurdo desconsolo em si que vem de saber que as iniciais do remetente são fantasiosa inemoção.

Na música dizia: contar os perigos da chuva. Aqui nem chove. Mentira aquilo de blues. Mentira que é para sempre. O amor quando acaba é mudeza.

Revogando as sabedorias de uísque ruim as flores de dentro dos livros gritam frases com gosto de espera a fila toda adoece e um olho olha pro outro. Regando os dias tudo que é mudo orbita tudo exala desprovimento. Apelos retumbando sérios. Vates tantofazendo. Páginas em voz alta escritas e malestreadas.

Eu aqui na frente do pretume, da pretidão, do negrume, da escuridez. Páginas e mais páginas escritas: brados de assombro. Líricos ecos. REDOBRADOS.

NÃO
PE
LA
ME
TA
DE

Vou contar a história que eu sempre quis contar enquanto você espera a Vanja enquanto o Turno vai ao banheiro enquanto a Ana Clara costura a meia cinza enquanto o Evandro se abana com a revista enquanto a Luciana descasca o esmalte da unha enquanto o Eneido passa a língua no dente de trás enquanto a Dona Líbia pensa no penteado da Apola enquanto a Elizabeth ou Liz funga por causa da rinite enquanto o Quisinho batuca a melodia na mesa enquanto a Nilda varre enquanto o Otávio ronca enquanto a Baby se ajeita no sofá e lembra da sua avó e ri porque chamavam ela de Frau enquanto a Rose chora enquanto os filhos brincam enquanto o vizinho ri enquanto a vizinha funga por causa da cebola enquanto o marido espera enquanto a Vanja vai ao banheiro enquanto eu conto:

Copiar e colar a história AQUI

Uma história enquanto a Vanja olhava pro teto enquanto o Turno foi ao banheiro enquanto a Ana Clara costurou a meia cinza e depois guardou numa gaveta e pensou que não era importante nem costurar nem guardar enquanto o Evandro deu uma olhada na revista enquanto a Luciana pensou na cor do próximo esmalte enquanto o Eneido daria tudo por um fio-dental enquanto a Dona Líbia desistiu do penteado da Apola enquanto a Elizabeth ou Liz foi tomar uma aspirina enquanto a Nilda terminou de varrer e o vento espalhou as folhas tudo de novo e o Quisinho terminou de batucar a melodia na mesa enquanto o Otávio acordou porque as crianças da vizinha faziam muito barulho enquanto a Baby foi até a cozinha tomar um gole de alguma coisa enquanto a Rose saiu enquanto o vizinho saiu enquanto a vizinha saiu enquanto o marido esperava enquanto a Vanja dormiu enquanto eu contava uma história sem começo nem meio.

O mundo é um pouco.

DOIS

Cá pra mim que era tudo enganação pura! Não sabia tocar era nada naquele piano. Só sabia aquele hino nacional maldito e vi ela duas vezes errar um monte. O pessoal fingia que tinha saído bom, mas eu achei desafinado pra caramba. Achava uma chata aquela prima da Eugênia e, além de tudo, feia, com aqueles dentinhos de milho. Pegavam ela quando tinha festa da Prefeitura só porque não tinha ninguém melhor na cidade.

Não sei por que que o pessoal antigo achava importante umas coisas: tocar piano, saber cerzir, ter modos à mesa, taquigrafia, curso por correspondência, anágua, pedir bênção. E depois, tinha aqueles ditados! A minha vó tinha ditado pra tudo. *A vingança é um prato que se come frio.* (Que porra é essa?) *Quem semeia vento, colhe tempestade. A palavra é prata; o silêncio vale ouro. Aqui se faz aqui se paga.* Minha avó era rainha de falar essas bobagens. Putamerda, tinha um que eu detestava: *Os olhos são a janela da alma!* Ela vivia dizendo essa merda. E bota um sotaque na velha porque ela era lá das gringa e falava tudo enrolado. Era cheia de não me toque, cheia das regras pra tudo. A Vó Homera era foda! Eu detestava passar as férias na casa dela. Ela fazia umas bolachas de aveia que eram a pior coisa do mundo. Aveia! Eu jogava pro Nero pra ver se ele me salvava, mas o desgraçado não comia, só cheirava. A Vó dizia: "Achh, son ton nutrritívash!" E além de tudo os copos da cristaleira dela tinham cheiro de barata.

TRÊS

Não só o rubro o perfume a maciez. Cálice corola estame inseto e o êxito científico e mais hipóteses – tudo esta flor. Tudo desabrochamento porque está verão e se quer chuva súbita umidade vontade de brisa. O que não está aqui nem quem, que se faça, que se deixe apresentar. O pequeníssimo *olá* uma consagração.

Aqui eu gostaria de desfiar o paraíso, mas alegoria é lembrança e os carros lá fora dão numa só alameda. Muito envelheceu: o pão, o tecido, o eufemismo mesmo e no entanto esta vontade digna de continuar as frases e depositar as sementes na terra ainda que a raridade das águas se afirme. Sonho de botões e de olores eu gritaria muitos. Quando eu aqui ouvindo um piano atonal e sabendo das pedras que rolam num rio – parece que estou fazendo a redação da escola. Sim, brincava de cabra-cega.

Agora aquela hora em que uma gymnopedie pode te fazer infinito e o fim da tarde colabora e a sirene avisa que a fábrica vai fechar em instantes e a tarde tem forma de pera os trabalhadores todos saem sem seus uniformes e caminham para o ponto do ônibus as aves rompem voos sem compromisso e o brilho existe por si. São milhares de pernas e suspiros mas alguém vai calado e é ali que eu quero permanecer.

Hoje dois tragos de insanidade confirmam um alaúde tocando dentro do peito sou o escorço de um centauro. Quando o leão ataca o búfalo é uma grande dor mas a natureza prevê também o contra-ataque e os dias ficam feitos de contra-dor.

O contra-ataque faz você voltar pra casa sangrando mancando se arrastando latejando sentindo muito. É fácil fazer desaparecer um leão. Um passe de mágica e reaparecem coelhos pombas lenços e sinfonias que recobriram o silêncio. Agora a plateia nem se mexe porque o regente aquele senhor ilustríssimo. Se alguém tossir haverá uma contravenção e ninguém precisa nem respirar. É tudo lícito e justo e as notas se espalham com a mesma simplicidade dos pássaros. O espaço todo está tomado pelas garças que andam que pousam que voam. É sabido que as acácias suspiram e a cortina se move   não sem um consentimento da tarde.

O espetacular é uma mentira inventada pelos moedeiros falsos.

Na *minha* vida tem moscas, controle remoto com pilha fraca, unha fraca, vontade fraca, coisas ressecadas, moscas de novo, pincel duro, moscas, algodão mofado, xícara com batom isso nunca saberemos, querido/a, pois é tudo minúsculo.

Vermelhos não vieram para ser abandonados. É difícil estancar sangue que corre. Difícil represar sangue que jorra. Custoso desaparecer sangue que gruda. Custoso compreender sangue que anegra.

O ritmo nunca é inocente.

QUATRO

– É de uma índole pacífica. É tranquila. Tem pouquíssimas pessoas das quais não gosta. Bem poucas.

– A Nê é amiga de praticamente todo mundo mesmo. Olha lá no prédio, é amiga de todos. Na Universidade também era. Eu admiro gente assim.

– Não sei por que ela não suporta o Indolá. É uma coisa pessoal, creio. Por algum motivo que eu ainda não pesquei, a Nê detesta o Indolá Ferreira.

– Bobagem, gente. A Nê não tem nada contra o cara! Já vi os dois almoçando juntos naquele grill da esquina. Umas duas vezes.

– Ai, pela mãe do guarda! A Nê e o Indolá são casados! Que porra que vocês estão falando?

– Como assim, casados? Ontem no elevador quando ele saiu ela disse: "Que pentelho!" Daonde que você tirou essa de que eles são casados? Tá louco, cara?

– Casados. Se conheceram numa panificadora e se casaram. Ele quase matou ela dando ré no carro ou ela que quase atropelou ele. Não lembro. Eles que me contaram essa história no churrasco de fim de ano. Você ainda nem estava na firma!

– Eu acho que você tá confundindo as bolas. A Nê de-tes-ta o Indolá.

– O Ferreira?

– Meu, você conhece algum outro? Claro que é o Ferreira, puta-que-o-pariu. Eles são casados.

– Ela detesta.

– ... e eles nem combinam. Ela corre, sabia? Já participou de várias maratonas.

– E o Indolá, que eu saiba, odeia fazer exercício. Ontem mesmo ele me falou isso, de fazer exercício. Viu?

– Ai, se detestam, mas são casados. Não tô vendo nenhum problema. Ponto.

– Vamos mudar de assunto. Dá um negocinho deste que você tá comendo?

– Sai, fiadaputa. Você nunca traz nada pra dividir com a gente.

CINCO

No restaurante bacana, chiquérrimo, num restaurante caríssimo Mirinho não perceberá o sabor sutilíssimo do *steack au poavre* nem a importância da camisa listradinha discreta que eu comprei nem dos sapatos de verniz. Quando chegamos ao restaurante e o maître diz *Que alegria tê-la conosco, Dra. Eneida* o Mirinho leva um minuto para entender esta frase fica me olhando fica olhando as paredes do lugar como se um axioma tivesse sido pronunciado e as respostas estivessem em algum cartaz pregado naquelas paredes. Não vai perceber a essência da toalha lilazinha nem o enorme movimento ao redor da essência das unhas e cabelo de *haute coiffure* nem das velas no restaurante francês e nem da pronúncia perfeitíssima dos adjetivos em língua culta. Nem as pantalonas que tiveram que substituir um vestido por causa da chuva e nem a ausência das sandálias e nem a cor do esmalte e da sombra nos olhos nem os vinhos da carta nem os vasos e os quadros do ambiente. Sobretudo não vai entender quando eu disse *está exagerado*. Nem a sobremesa.

Eu faço o pedido em francês eu tento levantar algum assunto plausível para uma conversa tudo falha eu canso de observar o ambiente e quando eu puxo o cartão de crédito discretamente vejo o sorrisinho quase solidário do maître para o Mirinho e a expressão do Mirinho de *Que nada, amigo! Fica sossegado – eu presto serviços pra senhora...*

Pensou em palitar os dentes. Eu desmaiaria gritaria choraria, sei lá. Ou talvez nada me surpreendesse. Felizmente não há palitos ali.

Sim, vá *ao* banheiro.

Vou ao toillete.

Não se fala nada. Não há assunto para se falar não há nenhum tema.

Vale a pena o depois? Quando a gente fica só lá no meu apartamento as coisas se completam. De boca fechada ele não comete erros de português ainda bem.

Dou um sorrisinho *Vamos?*

Na saída do restaurante um espelho com a moldura dourada – coisa de antiquário (gostei). Estrategicamente aquele espelho onde eu vou me olhar de relance e pensar na coragem   tolice   ilusão   covardia   irreversibilidade

que foi trocar aquele ex-marido por este ex-funcionário dele que sai do restaurante por primeiro e nem lembra de me dar o braço quando se tem que descer aquela longa escadaria. Longuíssima.

SEIS

Há gestos, sons de vozes
dos quais não me recupero.
G. Flaubert

Com fogo se forjou a atenção ao detalhe e também a vermelhidão de uma pétala. A outra, quem sabe, decidiu-se por ser azul.

Versões do mínimo – na vida e aqui – são condições, são estilo; um voto enraizado na função clássica do texto compactado, concentrado, conciso, com uma unidade particular, com ritmo próprio empurrando o absoluto ao alheamento.

Pode ser que nunca e nem mesmo. Que não aquele que não aquilo que não mais. Pode ser o que se havia pensado permanente. Como pode ser que um contínuo inevidente (e que neste agora nem se possa vê-lo). Segundos de fama igual a séculos de solidão. O que queda sem filosofia ou o que água que trama o que distrai. Muitos minutos de efêmeros. Três vezes sobre o mesmo. O galo cantou três mil vezes. Indústrias. Mínimas realidades. Minifatura. Serei breve. Vou te contar um segredo: o mínimo: mínima história: a palma da minha mão.

GA
TOS
PAR
DOS

Desci até aquele trecho da State Street até chegar na Bond, onde ela vende artigos finos. É longe onde está morando. No meio dos porto-riquenhos dos mexicanos dos chineses em qualquer lugar que você chegue ela estará lá. Trabalha no restaurante do Imperial Palace. Não atende o público. Fica só na cozinha. É bom lá. Sobra bastante comida e eles deixam levar pra casa. Ela deixou aquele emprego porque arranjou coisa melhor na Swenson. Pagam bem pra caralho. Ela até ficou meio besta agora que passou a ganhar mais. Comprou uma bota de camurça. Achei meio ridícula. A atitude dela. Quando foi despedida de lá foi trabalhar no Canadian Club vendendo uísque importado. É, na frente do Teatro Capitol. Roubaram uma caixa de uísque, não tô brincando. Por que riu? Aquele emprego no Fremont Hotel era excelente. O horário era flexível. Trabalha lá. Quando despediram ela, conseguiu a vaga no Lobby e apareceu com um monte de toalhas brancas com o monograma do hotel: eles iam jogar no lixo mesmo, estavam velhas. No Nordby Suplly também davam um monte de coisas. No White Hut davam molho de salada quando estava quase pra vencer. Depois naquele drive-in em Maumee foi a gota d'água quando riram dela quando contou sobre o problema com a irmã. Quando contou sobre o problema com o tio. Quando contou sobre o problema com a prótese. Quando contou sobre o problema com o gato. Quando contou sobre o problema com o padrasto. Quando contou sobre o problema com o trem. Está ali naquele café. Dá pra ver daqui da rua mesmo. Tá vendo ela de azul servindo a mesa à direita? Ácia. É; é sempre ela.

DOIS

Esta figura, à direita – consegue ver? Era eu. Com os sapatos apertados com os pés doendo. Com vontade de tomar um sorvete de creme de comprar o chocolate da revista. Com um corte nos pulsos. Com o sapato desamarrado. Com sede imprescindível. Com uma nota excelente na prova. Com uma tosse que insiste. Era eu. Com os chinelos gastos com solas já carcomidas com vontade de deixar a mesa com vontade de abandonar o jogo com vontade de abandonar a pátria de abandonar o barco o continente. Era eu – consegue me identificar? Seja rápido, tente ser rápido, deslocar rapidamente os olhos pra acompanhar a figura que se movimenta feito um spin contrário como um ciclone de um lado pro outro da tela, do metrô, da pista de corrida, do campo onde a partida do jogo, do vídeo, do salão de baile, do campo magnético, da quadra, dos corredores longuíssimos deste edifício de escritórios, dos corredores estreitos deste edifício de apartamentos. Ali, quem tem a pata de um elefante sobre o peito, era sou eu. Quem se surpreende com o sol lá fora. Quem olha as linhas do teto há muito.

Quem observa que há pó sobre os enfeites da mesa. Os sapatos sempre apertando os pés conformados desde o início do parágrafo – seguramente sou eu: revisão diária de teorias, falência múltipla de estratagemas Mas: certa alegria ao comer aquela fruta, ao observar os passantes e as folhas; tristeza funda só depois das 18:30. Sim, era eu na penumbra da sala, no isolamento do pequeno jardim aos fundos, com as abelhas casuais, com as essências baldias que se recusaram, com pedras e um marimbondo inesperado era eu. Com as estátuas de anões.

Com a barra da calça suja com os cabelos grudentos, sonhando em ver o seriado em ver a final do campeonato em assistir ao mesmo espetáculo em que se levanta um corpo no ar, em que se levanta um copo no ar, o mesmo filme em que se levanta uma faca no ar, em que se levanta uma flor. E apenas um ri. Um apenas, daquela plateia imensíssima. Apenas um entre todos entenderá e a este, a sabedoria.

O que é que esta figurinha à direita procura? Consegue ver? Repare na pressa com que cruza espaços, repare na exatidão com que vadeia rios, com que escava buracos com as próprias mãos, com que grunhe para afastar os animais que se aproximam, com que sobrenada, com que apascenta, verte, respira, cicatriza. Eu. Esperando que cresça o que foi colocado no forno, que seque que amadureça o que foi deixado ao sol, que derreta que feche que dilate o que foi colocado de lado.

Palmas das mãos limpíssimas, olhos claros, caminho sem pedras, voz pura. E não seremos todos a tranquilidade o espanto a sabedoria artificial deste dragão de gesso (mal) pintado de ouro de jade de laca que espera sobre aquela estante?

Este magrelinha da foto sou eu.

Lácio, sempre às ordens.

TRÊS

em segredo pensei naquilo que não podia. naquilo que não se pode em segredo pensei. passei boa parte da manhã me perdendo embora mantivesse adorável expressão de controle para qualquer um que me olhasse naquele momento. e vieram alguns: marca antônia, naturalmente; lindamira, indolá ferreira e, naturalmente, o mirinho. sobretudo. pensei também nas consequências quer dizer pensei exatamente nas consequências. as cenas que vieram à minha cabeça são de fato soberbas. então eu ousei mudar o registro e usei outra língua para emoldurar as mesmas cenas e então ficou pior, quer dizer, o conteúdo ficou ainda mais impróprio. isso foi imensamente divertido (e talvez um pouco sórdido, dirão julgarão) e se chamará: DE ONDE VEEM AS MOSCAS.

QUATRO

Em casa, ao ver toda aquela pasta de dentes, Lindamira acha que foi mesmo besteira. Perde a personalidade às vezes! Enquanto tira a saia nova começa a chorar. Põe a camisolinha de flores. Quer morrer. Chora por muito tempo, as caixas espalhadas sobre a mesa, ela se assusta: não vai usar aquilo tudo nem em cinco anos! Talvez consiga revender algumas para as colegas da loja. Diz que ganhou, que está ajudando um primo que tem uma vendinha que faliu, sei lá! Que ridícula que eu sou! Aproveita para chorar ainda mais quando lembra que na televisão aquele médico famoso disse que não devemos nunca reprimir os sentimentos. Para. Mas será que o médico não sabe que aí vem uma dor de cabeça desgraçada? E dá ruga! E ali, em apartamento alugado, essa coisa de não reprimir nada não funciona. Prédio pequeno – não se pode fazer barulho de choro porque as paredes são finas. Desperta a curiosidade dos vizinhos. E ela mora sozinha. Então porque está chorando de novo? E se vem vizinho? Se abre a porta com os olhos inchados e nariz vermelho não dá pra negar que estava em prantos. Não, não morreu nenhum parente, é que estava um pouco chateada (nunca mencionar a loucura das pastas!).

Pensa no quanto é só, agora resignada. Vou preparar daquele macarrão que não suja muita louça. Como é horrível essa coisa de férias. Vinte dias que não acabam nunca! Depois de um tempo indefinido, a campainha soa e ela fica surpresa.

Era a vizinha de baixo, Dona Nilda, uma velhota (dizem que bebe, nunca senti). Convidada para entrar, recusou: só passara ali pra ver se a conta da luz já tinha chegado porque às vezes atrasa, né? Está gripada? Não, só um resfriado, deve ser alérgico, desses que entope o nariz! A mulher contou uma história sem graça, ali parada na porta. Sabe, filha... (Filha?). Enquanto tirava o resto do esmalte vermelho das unhas, olhava, disfarçadamente, para os pés da vizinha e os admirava, bonitos mesmo, metidos naquelas sandálias tão verdes, mas que, engraçado, não combinavam com a camisola de florzinha, simples, surradinha, que a moça vestia. Será que estava esperando alguém? Por isso o choro... Filha, nem te conto!

Por que de camisola àquela hora do dia? Desfiou mais uma história enjoativa enquanto arquitetava motivos óbvios para os olhos inchados da moça. Só pode ser! As sandálias denunciavam, confirmavam... Essa sirigaitinha pensa que eu sou boba? É lógico que tem homem casado no meio, daqueles que só podem marcar encontro de dia. Ou pior: homem que explorava a tal garota, claro, tomava o dinheiro da condenada e ainda batia nela – pensa que não vi a marca meia roxa no braço? E tem mulher que gosta! Sem-vergonhice!

Amigável ao extremo, D. Nilda encerrou a conversa. Tchau, minha linda! A moça fechou a porta, voltou para a mesa, comeu o macarrão agora frio. Deve ter filme na televisão. A tarde passa logo. Depois, as novelas. Depois o livro. Acabo hoje, mas amanhã já pego outro na Biblioteca Pública.

Caixa numa loja! Já acredito! A velha tinha que contar o que descobrira. Afinal, tem que tomar providências porque esses malandros que exploram mulher são gente perigosa! Envolvidos com a coisa de drogas, quem garante que não? Contam cada coisa no rádio! Pensa que só acontece com os outros? É o que ela sempre diz: não dá pra alugar apartamento pra moça solteira, no caso dessa mocinha (meio passada), uma verdadeira biscate por trás daquela cara de santinha! Recolhendo homem ali, em plena luz do dia! Ah, tem que tomar providências. O prédio é simplesinho, mas de gente trabalhadeira e decente!

Iria contar tudo o que vira para a síndica! A começar pelas sandálias verdes.

CA
XAN
GÁ

Faz tanto tempo que cheguei aqui que já nem me lembro direito se é um país ou uma cidade diferente do meu da minha. Deve ser por conta dessa língua que às vezes não consigo entender totalmente. Hoje andei a manhã inteira pela mesma rua comprida, enorme, precisava ver; andei por horas e ninguém falou comigo, claro. Estavam indo a algum lugar iam. O ponto alto da minha comunicação com as pessoas deste país, desta rua, digo, foi um momento precioso em que uma senhora bem vestida parou e me ofereceu um folheto e eu disse *Não*, e a voz saiu meio falhada, e ela disse *Pegue é grátis*, eu peguei e ela acrescentou *É pra você ler em casa.* Essa frase calou fundo. É pra você ler em casa. Talvez eu pense nela na hora de bater uma.

Nessas prateleiras do supermercado a coisa fica complicada porque há uma profusão de produtos em embalagens individuais e a gente se sente na obrigação de comprar um de cada – sabor, cor, light, normal, com menos sódio – pra contribuir com a apologia da solidão, sabe como? Embalagens especiais, porções especiais para pessoas solitárias. E é tudo tão belo. Na frente das sopas individuais eu quase chorei. Prontas em 1 minuto! Será que alguém que esteja casado há anos pode pegar uma dessas sopas? Se está se sentindo solitário, quero dizer; será que pode?

O ponto alto da minha comunicação com as pessoas desse supermercado foi no fim, no Caixa. Uma moça sorridente embora forçado me perguntou *Tudo bem?* Eu achei aquilo maravilhoso aquilo e aquele 'Nanci' no crachá e meu coração se acelerou. E ela, ágil, empacotava tudo com um brilhantismo nunca visto. Bem, não eram muitos itens porque eu estava, como sempre, com pouca grana, mas deu pra ver que se fosse uma daquelas compras de começo de mês pra família grande aquela dama do supermercado, aquela rainha do supermercado aquela diva teria tido uma desenvoltura extraordinária passando milhões de produtos pelo bip. Rápida, a moça, rápida mesmo. Acho que vou pensar nela na hora de bater uma. No fim ela me perguntou se eu me importava em doar os centavos do troco e eu disse *Não* e ela entendeu que eu não me importava. Na verdade eu queria dizer *Não quero doar* porque entre o Lar de Cristo e eu, prefiro doar pra mim aqueles centavinhos. *Noblesse oblige.* Tenho que ser mais eu.

Ainda não entendo tudo quando as pessoas falam comigo, as pessoas deste país, sei lá se é país, se é apenas cidade diferente da minha ou mesmo rua. E agora isto me fez lembrar da minha bisavó que era estrangeira. Ela veio da Alemanha, mas não me apresente mapa, por favor, que não vou saber identificar de onde exatamente era a velhinha. Coitada, agora me deu uma pena porque fiquei imaginando que ela deve ter passado poucas e boas sem dominar totalmente a língua. Ah, vai ver que nem tanto, já que mudou de país quando era jovem e logo arranjaram um casamento pra ela com o cara que seria meu bisavô. Vai ver que ele tinha paciência e explicava as coisas todas de pronúncia correta e as diferenças entre pronome pessoal do caso reto e oblíquo. Vai ver que não. Que o cara só estava interessado em ter um buraco pra meter e tanto fazia se era nacional ou importado, reto ou oblíquo. Acho que não metia muito porque ele teve só duas filhas. Ou dois filhos? Não sei bem. Pode ser que fossem quatro mas mesmo assim era pouco porque antigamente o pessoal costumava ter um bando. Tinha alguém que era gêmeo ou gêmea. Não sei direito.

Na festa os convidados já haviam comido os aperitivos e tomado o vinho e alguns uma cervejinha. Pra mim, não perguntaram, e quando vi já estava segurando um copo de água mineral com gelo, nem lembro se foi o que eu tinha pedido, mas me trouxeram aquilo. Assim mesmo. Não sei se alguém deduziu que eu não podia tomar nada de álcool – em festa sempre tem gente que deduz. Então a Dona-da-casa (sem crachá, mas eu já sabia que o nome dela era Ala) com roupa nova e penteado super convidou todo mundo pra sentar-se à mesa *Por favor, gente* e todo mundo tomou seu devido lugar, atendendo à súplica, e alguns tinham uma cara de desconforto – sabe como é até que pinte algum tema adequado à conversação? Felizmente alguém teve uma ideia brilhante de comentar sobre o presidente do clube e todos se animaram até os não sócios e aí o Dono-da-casa (que se chamava Emílio eu sei porque eu vi um cara chamando) com camisa engomada e coletinho fez um comentário infame que era pra ser engraçado sobre a própria esposa e ela ficou puta. Imagina que voou um prato pra cima do Coletinho ou acho que foi uma travessa inteira cheia de um treco verde e marrom escuro (molho madeira?) e ela fez um discurso triste triste e recapitulou os últimos oito anos de casados com três frases. Meu, ela era muito boa em frases eficientes e sintéticas. Eu só gravei umas coisas esparsas do discurso todo como *aquela putinha na casa da praia, sopa congelada e peidando o tempo todo.* A mulher era foda mesmo no quesito constrangimento. Acho que vou pensar nela quando estiver em casa batendo uma. Isso de ter ou ser convidado pra almoço – desculpe, era jantar, foi um *lapsus* – deixa todo mundo com os nervos à flor da pele. Acabou a festinha porque ela saiu correndo pro quarto e ele saiu correndo atrás e nós ficamos ali de novo com cara de cuia e cada um pegou suas coisas e achou melhor ir embora. Eu fiquei ali. Achei melhor não ir de imediato.

Passei rapidamente na cozinha e roubei digo tomei pra mim um pacote de biscuí que estava fechado, duas latinhas de cerveja e um tomate que eu achei belíssimo. Tudo sem fazer barulho pra não acordar as crianças. Na saída, dei uma última olhada pro molho marrom escuro que caiu sobre o tapete de lã de carneiro. Coitada da empregada amanhã. Acho que vou pensar nela. Quando.

DOIS

O cachorro monótono lá longe; ambulância ou polícia rasgando as 17:28; senhora de penteado impecável passeando com a enfermeira pela rua arborizada; calçadas planas (nunca ninguém cai); vizinhos que se saúdam há décadas embora se desconheçam nomes ou apelidos; faixas amarelas indicando que é proibido estacionar; pinheiro pendendo pra direita; sorrisos anulados no jornal da tarde que corre pela rua levado pelo vento junto com as ofertas (imperdíveis) de refrigerador. O que eu vejo desta janela, Sibilo, neste lugar tão distante, é tudo exatamente a mesma coisa.

E esta hora tem a mesma luminosidade de todos os finais de tarde que passei aí ou aqui, que vivemos em outros países, os carros, luz baixa. O mesmo brilho de final de tarde e as pessoas com passo apertado querendo chegar logo em casa. Talvez aqui escureça mais cedo no inverno. Talvez as pessoas se levantem mais cedo, sintam mais frio, comam mais pão, andem mais de bicicleta, assistam a mais filmes de madrugada, fumem mais, respirem um ar mais poluído, tenham menos filhos, comam mais gordura saturada, bebam menos refrigerante, talvez façam sexo mais tarde, usem menos roupas de seda, corram mais, passem mais horas no elevador, talvez façam sexo mais cedo, tomem mais chá pela manhã, beijem seus filhos, deem um telefonema para a mãe, para o chefe, contratem prostitutas, varram a calçada da frente mais cedo, pensem nos amantes, façam as escalas de piano, freiem os carros, diminuam a velocidade ao se aproximarem da esquina, peçam uma vodca no bar mais cedo, planejem uma viagem à Patagônia à Penápolis à Putaqueoparil, planejem um novo penteado.

Talvez aqui compreendam a utilidade de uma âncora, daquelas do maior navio que a gente terá visto no museu no porto na vida. Repitam o exercício no sax desafinado, recortem a cara do artista da revista, beijem seus ídolos escondido, beijem seus filhos; nunca beijem seus pais porque não houve tempo, nunca tomem as mãos do amante da mulher da filha do sobrinho entre as suas porque não há tempo. Porque aqui se deve chegar mais cedo em casa, chegar a tempo em casa, apurar o passo, frear antes da esquina, batucar no volante, repetir o estribilho, desligar a música, chegar logo na garagem do prédio, no estacionamento da faculdade, no toldo da casa, desligar o carro, tossir, retirar a chave, conferir os pertences, conferir o rosto no retrovisor.

Antes. Antes de mais nada. Subir pra uma sopa requentada, pra uma sopa instantânea, pra um banho, pra uma trepada, ou pro noticiário, pro filme, pra uma briga sobre o condomínio, pra um jantarzinho entre amigos Eu queria ter trazido um vinho mas não tive tempo Eu queria ter trazido flores mas não tive tempo Eu queria ter plantado flores mas não tive tempo Eu queria ter trazido eu mesmo mas não tive tempo.

Aqui os ossos se quebram os ossos se partem, músculos doem músculos se estiram aqui se engasga, se cospe, se penteia, se olha no espelho, se finge. Recordes são quebrados, janelas se rompem, fonemas novos se criam, folhas caem, galhos inteiros caem, um pássaro olha atônito e demora um tempo infinito decidindo pra onde, mas por fim apura o passo. Tem mais coisas pra fazer. O elevador chega, as rosas sorriem no vaso, os peixes no aquário respiram aliviados, os meninos já estão banhados e beijados e dormindo e sonhando. Amanhã será um novo dia. Alguém tateia em busca do abajur, do copo, dos óculos, do telefone, do remédio, da pomada, do lenço. Com precisão absoluta. A gente tem muitas coisas pra fazer. Aqui.

TRÊS

É esplêndida. É uma garota fascinante. Claro que acredito em amor à primeira vista. Claro que acredito que meu coração parou naquele momento. Claro que acredito que fui tomado por uma beleza que nenhuma palavra jamais descreverá. E claro que é triste.

Míndia tem um olhar diferente. Me parece que vê mais do que as outras pessoas, vê por dentro, sabe o que eu quero dizer? São olhos de um brilho magnetizante olhos com história de cerejas.

Eu passo o dia inteiro repetindo o nome dela – foi escolhido pela avó.

Tem uma foto da avó dela em cima do bufê da sala de jantar.

Era estrangeira.

QUATRO
[TRÊS POR DOIS]

A metáfora não é nunca uma figura inocente.
A. Robbe-Grillet

Toda vez que os olhos dele vibravam olhando demorado, franca carícia, ela devolvia olhares sem conteúdo, de propósito, por medo de a ele parecer um sim. Olhares sem sentido, duros mesmo. Falta de coragem, vergonha de assumir o que soando a proibição. Sim, com certeza ela também. E ele compreendia, sempre; ele pressentia Otávio, a moralidade preestabelecida, imutável, pressentia as fraquezas daquela mulher, espaços onde o tecido quase se esgarçando embora à observação desatenta parecesse absolutamente indene.

E assim tantas vezes olhares dizendo tanto, hoje ela lastima a ausência de respostas. Inconformada lembra o coração acelerado as mãos um leve tremor os lábios se dilatando. Perfumes, as fêmeas insinuam funduras, abrasamentos, exacerbam-se gostos ouvindo sutis galanteios, supostamente os mais ingênuos, duplos muitos sentidos, frases consumação. E aquilo tudo no ar, confidências únicas: ele conta naquele almoço apressado a história de um amor não correspondido e ela reconhece os personagens, muito embora metáforas, muito embora reticências. Incêndios. Línguas de fogo. Flagelo. Um abraço que não. Sim, ela também. Censuras flutuando no ar congestionado. Iminências. Vozes imaginadas recitando versos. Vozes imaginadas condenando a uma gentil escuridão.

– *Não quero chegar atrasada!*

– *Quer carona, Ala?*

– *Não, obrigada, o Otávio vem.*

CINCO

Não vou fingir filosofia. Olha só as roupas no chão – as roupas misturadas no chão. Eu já sabia e eu já sempre sei. Conheço esses tipos de colcha com meias flores, conheço esses tipos de corredor em que gritam *Vadia*, conheço as cortinas pesadas de pó, conheço as portas batendo. Uma marca feita por cigarro no tapetinho ao lado da cama. A cama range muitíssimo. Alguém escreveu com canivete na lateral do criado-mudo: *Mara, tu me faliu.* Uma história ali maior do que as centenas de páginas daquele romance da biblioteca pública. Olha este rosto dormindo aqui do meu lado. Eu nem tinha prestado atenção nisto: é jovem. Não, não é; não de bem perto. É um rosto bonito. Não, não é. Mas me deu vontades e eu sempre soube do resto. Deste momento – como eu sabia do anterior. Não fico me enchendo de perguntas porque mais do que já cansei; mais do que me enjoei daqueles pensamentos.

Gosto de olhar para tetos sempre diferentes. Este tem manchas nojentas e tudo aqui um cheiro forte de bolor. Enxofre. Súlfur. Nem é tão diferente assim. Tem um espelho com moldura cor-de-rosa claro e é bem absurdo é bem medonho é bem grotesco aquele tom de rosa. Aqui tudo existe só porque sim. E eu aqui pra nunca nem mesmo me importar. Não forjo filosofias. Vou sair como sempre sem deixar bilhete sinal até logos. Às vezes dá um gosto ruim na boca às vezes não por que amanhã é estar em outro quarto que é como fosse só mudar o tom da mesma música. O que eu preciso: paga-se um certo preço mas o quê, afinal, não tem seu preço embutido?

Não vou ficar pensando em amanhã. Agora estamos plenamente satisfeitos. Eu o meu corpo o teu o seu corpo sermos aqui este esse assim.

O outro que meu corpo. O outro que existo ao me ver fora de mim.

A
NA
LEP
SE
OU

RECUPERAÇÃO

UM

A canção favorita da minha avó era "Lily Marlene" e quem cantava acho que foi a Marlene Dietrich. Sei lá, aquelas coisas do tempo da Guerra. Ela sempre cantava enquanto estendia as roupas no varal. Minha avó punha pouco açúcar no chá e me dizia *Tem que mexerr pem... Focês desperrdiçom açúcarr, aqui.* Lembrava coisas da época da Guerra. Escassez de comida. Tropas invadindo. Mas nunca me contou. Sua família morreu lá. Foi o meu pai que me explicou isso. Também rolava uma história de não sei quem, filho de um tio, que teve que mamar direto das tetas de uma cabra pra não morrer de fome. A cabra era do vizinho. Sei lá quem foi, mas era coisa da Guerra também. E tinha uma história da prima Ala que o irmãozinho dela morreu congelado na neve enquanto dormia. Tinha oito meses o nenê – parece que se chamava Otto – e não aguentou até chegar Aqui. E a mãe do bebê ficou meia pancada, sabe, desde então. Minha avó tinha sonhos ruins e às vezes acordava no meio da noite e ia até a cozinha tomar um copo d'água, mas as histórias nunca se apagavam. Ela sonhava com bandeiras e escutava botas marchando. Não era uma mulher de sorrir. As pessoas chamavam ela de Frau e eu achava aquilo bonito. Eu pedi pra ela me ensinar a falar alemão e ela respondeu *Achh!* Também não disse uma palavra quando eu perguntei de onde vinham os Kortmann. O pai disse pra eu não perguntar mais nada.

DOIS

Antônio se pôs desesperado quando a mulher, Vanja, começou a sentir as dores. Em vez de acudi-la, abriu o garrafão de vinho guardado no quarto do pai, e deu um trago. Seus pais estavam no campo, na colheita do café, o que deveria fazer? Não haviam dito nada a ele sobre isso. Ou sim? Mas também esse bebê inventou de chegar antes, não podia esperar até a noite? E quem precisava de um bebê ali? Como grita essa mulher! É jovem. Não tem nenhuma experiência. É quase uma menina esta esposa que arranjaram para ele. Como grita! Será que sente mesmo tanta dor? Não é possível.

Os velhos não chegarão antes do entardecer. Pensa que ele deveria estar trabalhando na lavoura e os pais, já idosos, é que deveriam estar ali. Ele já não é tão jovem e nunca trabalhou na vida. Ficava dentro de casa, dormindo, bebendo; às vezes varria o terreiro. Essa menina gritando! O que é que eu posso fazer? Agora com o nervosismo as pernas estão moles e não vou sair por aí neste sol pra buscar os velhos. A mãe deve saber como é que tira a criança. O jeito é esperar pela mãe. Vizinho, não adianta chamar porque estão longe e eu estou sem vontade de sair.

Minha mãe morreu naquela tarde mesmo. Minha avó me tirou de dentro dela, do meio de muito sangue. O vô deu um tipo de sorriso quando viu que era menino.

Vai se chamar José Luis.

TRÊS

Que inferno essa mulher enfiada sempre nas compras. As gravatas e o chinelo de quarto pro Inácio Jr. – *Não foi um achaaado?* E a blusa bege de lã escocesa! Porra, quando é que vai usar uma blusa dessas? Espero que não seja comigo porque parece um negócio esquisito com aquela gola mole. O vendedor se chamava Bittencourt – ela se lembra porque ele deu pra ela um cartãozinho. Tão humanitária, guardando cartõezinhos de vendedores e pronunciando os seus nomes com grande intimidade. A Eneida não se toca que às vezes é muito chata? – tão amável, tão simpaticíssima! O vendedor tinha um tique na boca (assunto do café da manhã). E depois ela tomou um expresso numa daquelas mesinhas de falso mármore com creme, claro, pra demorar mais, e ficou ali olhando aquela gente toda – de cima pra baixo, entenda-se. *Ai, a vida das pessoas parece tão incríiivel, não parece?* Não, porra, parece uma bosta, e com creme pra demorar mais. Atualizações: *a Ana Clara continua namorando com o Evandro, acredita? Aquele empresarinho ridículo e sem perspectivas. E a Ácia engordando cada vez mais apesar da cirurgia! A mamãe implicou com a enfermeira e eu vou ter que encontrar outra logo – já estou prevendo.*

Eu sou o tosco. O cara que não diferencia isto daquilo este daquele aquele ali daquele outro, o cara que não diferencia a cor das paredes a espessura dos vidros que não pertence à irmandade dos cristais. Eu sou o cara pela metade, mas que sempre diz sim quando é pra dizer sim. E dá o sorrisinho. É o sorrisinho que me fode. É o sorrisinho que me condena.

Mas sempre tem o fotógrafo da coluna que martela esta: – *Só mais uma. Pra garantir...*

OS JO GOS FÚ NE BRES

Desiste. Descer deste ônibus aqui nesta escuridão vai ser pior. Botiatuva, então. Desce. Fala com o fiscal.

Pro centro a esta hora? O último saiu à meia-noite. Agora só amanhã.

Táxi? Não tem. Telefone? Não tem. Polícia? Não tem. Hotel?

Quê?

Pra passar a noite...

Lugar com cantoria? Tem mas é boca quente... A senhora...

Lugar pra dormir!

Sei não. Eu que não arriscava sair aí por este breu.

Senta-se no banco. O Turno já deve ter comunicado a polícia. Fome. Os olhos ardem. Frio! Horas e horas e chega um ônibus. *Vai pro centro? Vai sim.* Mas está indo pro Largo Velho: informação errada. Desce. Toma outro. Desce no Jardim Zoológico. Pega um amarelo. Vai até o ponto final (no centro; não era!). Desce no Trindade. Toma o Capoeira 112. Já sem noção de tempo. Desce no Jardim Nova Esperança. Toma o Natividade. Desce no Campo Alto. Toma o Tupi-cerê 15. Desce no Pujuíca. Compra amendoim de um ambulante. Toma o Vila Rivera (direto). Desce no Terminal Nova Indústria. O Esplanada. Ponto final: Vila Souto. Copo d'água num bar. Andradina B13. Desce na Estrada da Oliva. Pega o Catira-Sacre-Coeur. Para no centro! Vai a pé pra casa. Quilômetros. Fraca. Vista turva. Mãos tremem. Entra na padaria e pede um pão. Começa a reconhecer as ruas por onde passa. De carro tudo sempre pareceu tão pertinho! Anda. Tropeça. Senta-se numa mureta. Descansa. Anda. Anda muito. Reconhece o prédio. (Era bege?). Cheguei! A mocinha que varre a entrada não a reconhece. Explica:

Sou do 602! Esposa do Turno. Filha da Dona Maria Odette.

Desculpa, senhora, mas do 602 é o Dr. José Luis.

A Mara está? A zeladora?

A zeladora sou eu. (Velha esquisita!)

Posso subir pra falar com o morador do 602?

Subir pode não. Ordem do síndico. Se quiser, interfona.

Dr. José Luis, eu moro aí no 602. Quer dizer, morava. O senhor comprou o apartamento de um senhor chamado Turno dos Santos, por acaso?

É brincadeira, é? Comprei da Caixa Econômica. Só o que faltava!

Desculpa. (...) Até logo, moça.

Sai. Anda até o ponto de ônibus. Está fraca. Conta o dinheiro. Dá pra mais um. Toma o Vila Bela – Aroeirinha.

Ninguém sabe onde vai parar.

DOIS

Porra! (8.245). Numa lanchonete pede emprestada a lista telefônica. (8.245) Procurar psiquiatra, psiquiatra, tá aqui! (8.245). Dr. José Eneias. Aponta o nome pro balconista que, desconfiado (Não sabe escrever? Jeito de louco!) anota o endereço. Sai da lanchonete, olha o papel. Av. Bittencourt, não é longe. Será que (oito mil) atende (duzentos) emergência?

Sexto andar. Sala de espera. Uma mocinha raquítica:

Consulta marcada?

Não (oito...), eu (mil)...

Bom, dá pra lhe encaixar, já que é urgente, parece. Tem ficha?

Depois... (8.245, 8.245, 8.245)

Tudo bem. Sente-se que o Dr. já chama.

Dali a algum tempo escuta seu nome. Entra. O D. José Eneias pergunta:

Qual o problema?

Faz uns dias... (8.245) número (8.245)... não consigo... (8.245)

É simples. Pela configuração em termos relacionais figurativos e especulativos a matéria numeral simbólica funde o conteúdo obscuramente palpável reflexivo funcionando como zona intermediária do individual ao protocoletivo, entre negativo e negante, representando assim a projeção da situação conflitual em índice consciente e dominante por meio da definição numérica adaptativa do si-mesmo nas profundezas do em-si.

(8.245) ...cura?

Internamento breve. Encaminhar-lhe-ei à clínica apropriada. A Mara lhe dará o endereço.

Tapinha nas costas. Sai. Paga a consulta. Porra! (8.245). A Mara lhe dá um cartão. Descer pela escada. Botão de elevador é complicado; (8.245)! Pega um táxi. Mostra o endereço ao motorista.

Rodam por tempo indefinido. O motorista:

Chegamo. Mostra o taxímetro. *Deu isso aí. (Bem que eu desconfiei que esse moço não pindocava bem, pelo endereço!)*

Entra na clínica. Mostra uma guia à recepcionista. Um senhor calvo lhe acompanha até o Ambulatório. Um Dr. de bigode:

... o Zé Eneias me ligou. O que é que o Sr. está sentindo?

Não responde. Só uma coisa domina sua cabeça. Já não escuta o que o médico diz.

Enfermeiras no plantão noturno:

Esquisito o moço, né, Vanja? Sem comer, sem falar... Definhou, cê viu? A Assistência Social procurou a família?

Procurou. Não tem...

Ai, bomba pra mim! Que saco! Pra quem que encaminho a papelada, heim?

Sei lá! Pergunta pro Emílio da Admissão...

E então a enfermeira preenche um número no atestado de óbito. Um número que não é preciso repetir aqui.

(Íche! Num arrepete! Vai que ele manifesta grudamento fixo na vossa cabeça em desaviso!)

TRÊS

Not my mind that is diseased
but the world I have to live in.
T. S. Eliot

Vou te contar uma coisa, Dorabela, era uma vez começos que injustificam meios e fins. Olha só esta cara, Antônio, amontoado de dias lembranças amontoado de frases cenas estampas se repetindo. Um exausto, Ala. Sem sentimento nenhum. Com todo o sentimento possível. *Como tem passado*? Falarei sua língua? Falaremos a língua do próximo? *Bem, obri-*

gado/a. Quem dera, Wanderlúcia, eu compreendesse por que uma voz me chama eu atrás de uma porta atrás de muitíssimas por que grita *Está aí?*

Era uma vez a criança cansada infinitamente: *Quantos anos você tem? Qual é o seu nome?* Responder. Qualquer nome anos soma resultados quaisquer, Sibilo. Ora, você sabe meu nome de cor telefone ramal endereço cantor preferido e continua gritando *Está aí?*

As flores, Creuza, algumas não têm nome; refiro-me às mais vulgares comuns insignificantes, Zulma, nas quais pisamos sem querer. Signos são um mais um mais uns: tantos. Havia dito mencionado citado ali em cima lembranças. Por que não apenas continuar o jogo onde não estamos sempre preenchendo um questionário de cinco mil páginas? Então, Virgílio, você escreve meu nome por extenso bem legível, letra impecável, e depois a adaga: *Documentos, por favor*. São o pó. Meus documentos, Néinha, registro número único exclusivo dígitos enfileirados e pose a mais séria na fotografia são o pó. Escombro imperceptível dos dias são apenas duas letras e um acentinho. Campainha, Bittencourt; não atendo *Não está?* O telefone, Liz, eu atendi, e não disse nada. Queria fosse uma flor daquelas. Fosse uma flor daquelas, Ana Clara, jamais perguntaria *Quem fala?*

Tive que desligar porque Você do outro lado da porta *Vou chamar a polícia bombeiros padre a tua mãe hospital, a vizinha do lado já me deu o telefone do síndico!!!* Tive que desligar, portanto, e era a flor. Mas você, Antônio, gritando ao mesmo tempo os seus gritos atrapalharam toda a elegância da cena. Invadiram. Vanja, seus gritos dourados góticos ferrônicos inestimáveis transminentes. *Responda!*

Aqui, Indolá, um espelho e assim, simples compreender – até você poderia. Mas ainda quer uma resposta, Lácio, feita de letras palpáveis combináveis com sentido. Pois, Apola, aqui dentro só estou olhando para este um rosto que tenho. Vê? Uma flor conversou comigo uma daquelas. Sim, Luciana, tenho sorte. E você desistiu de chamar a polícia pastor astronautas exorcista: estão arrombando a porta coitada estão retirando parafusos com uma chave de fenda. Ciência sabedoria infinita precisão luz câmera os parafusos tombam. Você vai vencer com certeza, Dona Margarida. Vai avançar triunfante estridente retumbante dizendo *Por que não respondeu? Sabia que estava aqui!* Ora, Marca Antônia, pare de dançar por dentro como se tivesse uma espada ensanguentada nas mãos. Vou responder *É mesmo?* e seus olhos, Mirinho, vão inchar de indignação vão ficar com uma ameixa vermelha das caras, das caríssimas. Que importância tem, Nilda, deixássemos em branco esta pergunta no seu precioso questionário inquérito interrogatório pesquisa censo dossiê?

Você demora pra entrar neste cenário, Eneido, apesar da experiência prévia eterna habilidade e avidez com que trabalha. (*Os parafusos...*). Vou contar uma história, Dona Líbia: meu rosto pela primeira vez. Aqui na frente do espelho vou contar uma descoberta. Olha, Míndia, sou eu aí, pode ver? Não adianta. Não deu tempo. Não dá mais. Você e a espada e os papéis e as linhas a serem preenchidas invadiram a sala. Queria lhe mostrar, Baby, como eu parecia antes do inevitável *Sim, senhor. Sim. Sim. Sim.* Este rosto aí é o meu, José Eneias. Poderia ver? Não dá? A hora marcada. Queira desculpar, Eugênia. Sim, vamos às perguntas às evidências aos acúmulos ao gráfico aos índices às certezas todas.

A história é sem era uma vez.

QUATRO
[ASSIM CAMINHA A ORALIDADE]

Outra coisa: um gambá. Outra coisa: um javali. Outra coisa: um nanquim. Outra coisa: um caqui. Outra coisa: um *déjà vu*. Outra coisa: um nariz. Outra coisa: um prazer. Outra coisa: patins. Outra coisa: um chafariz. Outra coisa: esquecer. Outra coisa: o cheiro de tinta. Outra coisa: raiz. Outra coisa: ai como não sou. Outra coisa: ai como eu quis. Outra coisa: ai como tem. Outra coisa: um avô. Outra coisa: partir. Outra coisa: outra vez. Outra coisa: outrossim. Outra coisa: estar Aqui.

CINCO

É perigoso passar o tempo todo com Beethoven.
M. Kundera

Creuza:
Quantas vezes escrevi "açúcar" na lista de compras? Quantas vezes desdobrei a ponta do tapetinho do banheiro? Quantas vezes catei uma meia suja?

Ala:
A gente foi na missa das nove porque tinha almoço lá em casa e a mãe não queria atrasar. O seu Lácio com a Dona Zulma e mais as filhas chatas (Mara e

Rose). O pai teve que tirar o Zinelton da mesa porque ele não parava de rir só porque a Dona Apola disse que adorava a sambiquira. O pai deixou ele um mês sem poder ver o telequéti na TV. Deu um dó do coitado!

Na rua:

– Tudo azul, Dona Marca Antônia?

– Tudo, obrigada. E a senhora, Dona Eugênia?

– Pois vamos levando. É a netinha?

– É, a menorzinha da Luciana. Fomos à Missa de Sétimo Dia do Dr. Jorge Luis.

– Pois não me conte que a Dona Nilda ficou viúva de novo!

– A sra. não sabia? (baixinho)... morreu no ato.

Ana Clara:

De aniversário ganhei da Madrinha um corte de astracã azul celeste. Amanhã vamos na Dona Baby pra ela tirar as medidas. Vai dar pra fazer um casaco compridinho, por aqui ó. Vai ficar um estouro!

Alguém:

O vô caiu de novo no conto do bilhete premiado. O pai ficou uma fera, mas a mãe falou: *São as economias dele. Do salarinho dele! Deixa o papai!*

Alguém:

A bisavó alemã só vestia preto. Zanzava pela casa e não conversava com ninguém. Às vezes a gente escutava ela falando sozinha: *Deus, me leve!*

Mas era na língua dela e ninguém entendia.

Eu:

Porque medi a minha vida com grandes frases que encontrei nos livros sucede-me esta perplexidade. E porque gastei as horas boas com os olhos pregados em palavras acomete-me esta vacuidade.

Minha biografia tem só horas de espera: foi num papel que eu tentei conformar em palavras belas os sustenidos e os demais acidentes da minha vida; foi num papel que eu desenhei os dias melhores, noites inteiras, domingos. Sim, tive medo de algumas paisagens, temi alguns ângulos e redondos. Vigoraram curvas e esquecimentos. Garrotes guilhotinas garras pescoços ao vento. Apaguei lâmpadas e velas. Galhos quebrados patas, cavalos sacrificados corpos. Vida pra daqui a pouco. Me lembro. Galos madrugando o tempo. Tanta vida era azul. Juro mesmo que nem conta me dei. Tanta madrugada amanhecida antes. Vim aqui para me levar embora.

REAÇÕES ADVERSAS

Prestemos bem atenção pois: podemos ter problemas sérios, podemos ter problemas gravíssimos, podemos ter vítimas. Podemos levar uma vida sem graça, uma vida sem enredo, uma vida sem tratamento.

Se não prestarmos atenção: poderá haver efeitos prejudiciais, efeitos colaterais, secundários, adversos, reações indesejadas, reações induzidas, doses incorretas, doses omitidas, injúrias, falhas terapêuticas, superdoses acidentais ou intencionais de conceitos cuja tradução ainda não é confiável.

São de difícil classificação as reações adversas (têm íntimos mecanismos de produção), mas convém, neste momento, lembrar que:

1. Às vezes esquecemos de: fatos importantes, datas importantes, nomes importantes ou ilustres, frases importantes.
2. Às vezes mentimos (ou mascaramos) acerca de: histórias importantes, datas irreversíveis, frases conclusivas, nomes inconclusivos.
3. Às vezes desconsideramos: idiossincrasias, sensibilidades peculiares, sistemas (enzimático, inclusive), propostas, polimorfismos, altas incidências, deficiências, desidrogenases, drogas, gravidades, princípios ativos, hipersensibilidades, intensidades, interações, agentes

agressores, induções, tolerâncias, doses, respostas, previsibilidade.

De acordo com alguns Autores, a **classificação** pode ser tão extensa que se justifica que patinemos, que exageremos, que sejamos por demais abrangentes, que desistamos. Que agonizemos.

Os **métodos** de administração devem ser pensados em profundidade. Bem como a reintrodução e a retirada. Evitar inibição sistêmica. Pode haver reações adversas por mecanismos não entendidos, e que fogem às **categorias**.

Jamais esquecer: dos antídotos, de suspender as medidas, do tratamento adequado, da exposição desnecessária, caso necessário. De um sorrisinho.

Reação Provável: que o estado de um represente o estado de todos.

Reação Possível: que o estado de muitos represente o meu estado.

Reação Condicional: que ontem, daqui a pouco, amanhã, nunca, qualquer dia, no ano passado, na vida passada, daqui a quinze minutos, amanhã de manhã, na primeira quinta-feira do mês que vem correspondam a agora.

Reação Duvidosa: que algumas histórias ou personagens não sigam os critérios acima (*vide Tabela 118*).

F.A.Q.

1. Li este livro obrigado pra um trabalho da escola. É normal não conseguir estabelecer as relações entre os personagens, mas eles ficarem voltando na cabeça da gente?

2. Ganhei este livro, mas detestei. Dá pra trocar embora tenha uma dedicatória feita pela minha avó?

3. Me identifiquei muito com um dos personagens pois sua história se parece demais com a de uma pessoa que conheço na vida real. É possível conseguir o e-mail dele?

4. Se eu fizer uma lista dos personagens, marcar com flechinhas quem vai pra onde e faz o quê, consigo esboçar uma estrutura decente entre as partes do livro?

5. Não havendo relação entre o Avô Português e Frau Homera, a Dona Margarida (neta dele e dona da verduraria da rua onde a Frau Homera morava) é um personagem estático?

6. Os narradores em 1ª pessoa oscilam pra caramba, geram desconforto e até estados de confusão mental no pobre leitor. Estando em desacordo com

as leis literárias (CDC Lei n. 182.720, art. 189, XX-VIII, §941 e caput) isto não é passível de reparação no foro civil?

7. Tive a impressão que um dos personagens é apenas uma reprodução autobiográfica da autora e isso me irritou. Posso pular as partes em que ele aparece?

8. Preciso preencher a Ficha do Livro pra escola. Onde tem "Qual a mensagem do texto" posso marcar "Fala sobre a vida em geral"?

9. Achei legal que alguns personagens têm nome de heróis épicos. Posso dar o nome de um deles pro meu gato?

EPÍLOGO
(OU, "QUER PARAR?!")

Senhor, me descomportei e agora é tarde. Cuidarás de mim? Cuida de mim, sou frágil, por favor, senhor, senhora, aqui escancaradamente meu pedido. Se se observar bem, é fácil notar que sempre representei o avesso das coisas, a sombra que sempre está ali. Fiz mais silêncios do que ruídos – talvez isso possa abater parte da pena. Acariciei os gatos, reguei azaleias, esperei que as frutas fossem embebidas pelo sol – mais do que puni. Senhor, sempre pedi licença, sempre pisei manso, falei manso, cedi meu lugar para que alguém para que todos para que qualquer um ali se sentasse. Sou uma coisa de louça, algo fino que não suportará uma pancada a mais, algo já cheio de trincas, de limites. Senhor, fiquei (ficarei) imóvel mais do que admiti revoluções, mais do que cumpri as ordens contrárias.

Compreendi que um são todos, compreendi que um é só um.

Incitei as partículas ao repouso. Senhor, senhora se for o caso, talvez me comute a pena, alivie-me o dolo. Estive sempre em prontidão para a fotografia: cabelos hermeticamente despressurizados, sorriso arranjado com retidão, faces luminosas que parecerão ter sido colhidas naquele mesmo momento, bem como os olhos: transbordando o recheio macio, a calda de caramelo ou de morango, como preferir. Isto é epílogo.

Senhora, enfrentei os aguaceiros, as chamas, os leões, o amortecimento, sempre sem couraça; deslizei, rolei, baixei e subi das alturas com aquela pedrinha no sapato (incomodava, sim), sem nunca ter feito estardalhaço. Senhor, na frente dos outros sempre ri por primeiro quando a vontade de um choro era sempre no escuro, no banheiro, entre os segredos do lençol. Não dancei e jamais afiei lâmina alguma – o que fiz verdadeiramente foi tentar expandir as tessituras. Sempre aceitei as novas propostas de emprego e de desemprego. Experimentei. Senhor, que punições merecerei por ter experimentado?

Senhora, saí com vida. Agradeço.

Um por todos. Agradeço: não tanto pelo que eu penso porque eu não penso tanto. Pelo que eu valho? Agradeço. Desta feita deste fato nesta pose na foto o escorço o que vejo tanto faz como tanto fez mas era uma vez uma história e a nossa é a história da vez.

Périplo contável – só isso já seria grande

fim.

LAMENHA PEQUENA, 2014.